早川書房

7043

目次

ふわふわの泉

第一章　努力しないで生きるには

ACT・1

二十一世紀のはじめ。十月の朝。

静岡県浜松市の郊外、閑静な住宅街の一角で、電子音が鳴っていた。

目覚まし時計はスヌーズ機能を忠実に実行していたが、部屋の主はしぶとかった。

たまりかねた母親が駆け上がってきて布団をめくりあげ、

「お・き・な・さ・い！　泉！」

上半身を引き起こしてがくがく揺すった。

長い髪が滝のように顔を覆っている。その向こうで、二つのまぶたがしぶしぶ開いた。

「ん……あー……至福の時が……」

「なにが至福よさっさと服着て顔洗って！」

「遅くまで勉強していた娘に、むごい仕打ち……」

「勉強って――」

母親は机の上に開いたままの、電話帳のような本を一瞥した。細かい文字の間に、亀の子模様が見えた。ベンゼン環の六角形。

「勉強じゃない、あんたの道楽でしょっ！」

「うう……受験勉強じゃないけど勉強は勉強だよう」

「屁理屈禁止！」

母親――登喜子は朝から容赦がなかった。彼女は化学について何も知らない。知っているのは四年前に別れた夫が、やはり亀の子模様をもてあそんでいたことだ。

朝倉泉はのろのろと枕元を手さぐりした。

それより早く登喜子が眼鏡をひっつかみ、娘の顔に押し込んだ。

「二分で支度なさい！」

陸軍士官学校（ウエストポイント）の鬼教官のように吠える。

着替えトイレ洗顔と駒を進めてダイニング・キッチンに入ると、味噌汁と卵焼きと御飯が自分のポジションに並んでいた。

「いただきまー……」

泉は箸を空中で止めて、味噌汁をじっと見つめた。

「髪の毛？」

登喜子は太宰治『斜陽』の書き出しそのままに尋ねた。

「いや」

「じゃあなによ」

「ベナール対流だ」

「ベナ……？」

「具が少ないとよくわかる」

「それは皮肉かっ！」

「見た通りに言っただけだよ」

ベナール対流というのは味噌汁や銀の塗料などによく見られる、蜂の巣状の対流のことだ。

泉はこれを眺めるのが好きだった。表面で冷えた味噌汁が沈み、内部の熱い味噌汁といれかわる。個々の味噌汁にはなんの意志もないのに、自然に蜂の巣状のパターンが生まれる。自己組織化現象というやつだ。なるようになる――この無為なところが心地よい。

だが、登喜子はいらだつばかりだった。理系人間とは性格が一致しない。あの得体の知れない亀の子も蜂の巣も嫌悪の対象でしかない。

「味噌汁ぐらい理屈こねずに飲みなさい！」

「むう」

泉はベナール対流を飲みこんだ。

キッチンこそは科学を学ぶ最良の実験場だというのに。

そんなことを思いながら、泉は熱変性した蛋白質——卵焼きともいう——を頰張った。


登校、授業、昼休み、授業、そして放課後。

泉は化学準備室に入り、白衣をひっかけた。それからハンダごてをコンセントに差し込み、数日来難航している仕事に取り組んだ。

「くそう。こんなの化学じゃないぞ」

泉は努力の二文字が大嫌いだった。それゆえに化学を愛していた。

化学反応は物質が自由にさまようなかで進む。物質どうしが気まぐれに出会い、相性がよければ手を結び、新たな物質に生まれ変わる。

お膳立てをしてやれば勝手に反応が進む。今朝のベナール対流——あれは物理現象だが——と似ている。無為なところがいい。

だから放課後は化学準備室に入り浸って実験する。眼鏡と白衣の理系ルックがすっかり板につき、クラスメイトからは「ケミ」と呼ばれる。化学（ケミカル）のケミだ。

泉は二年生で、西高化学部の部長をつとめていた。部員は自分を含めて二人しかいない。

「でもフラーレンやろうって言ったの、泉さんですよ」

そのもう一人、一年生の保科昶が言った。

明日は文化祭。二人が取り組んでいる出し物は、フラーレン分子の合成だった。

フラーレンとは炭素原子をサッカーボールのように結合させた物質で、有機溶媒に溶かすと赤、青、黄とさまざまな色を見せる。真っ黒な炭素の塊からいろんな色が出てくる様子を文化祭でデモンストレーションする。

意欲的な計画だったが、泉が気に入らないのはフラーレンを作る方法だった。

中華鍋の中央に炭素の棒を取り付ける。そこに高電圧をかけた電極を近づけてスパークさせると、煤ができる。その煤のなかにフラーレンが混じっている。

泉に言わせれば、これは物理現象であって、化学反応ではない。化学反応も物理現象のうちではあるが、泉はニュアンスにこだわる。

ベナール対流のようにエレガントな物理現象もあるが、いまやろうとしているのは大電流をぶち込んで破壊的な現象を起こし、大量の煤の中からひとにぎりのフラーレンを嫌々生成させるプロセスだ。煤は有機溶媒に溶けないからフラーレンだけが溶媒を染めるのだが、それはフラーレンができたあとの行程であって、溶液の中で化学的に合成されたわけではない。美しくない。誰も理解してくれないが、これは泉の美学に反するのだ。

だがいまのところ、自分たちにできるのはこの方法しかなかった。化学界で脚光をあびているフラーレンを合成するだけでも、高校の化学部としてはかなり背伸びしている。こうやって成果をアピールしないと、部費が思うように取れない。それどころか廃部のおそれもある。

泉はしぶしぶ、間違っていた高圧電源の配線を直しにかかった。

遠くで雷鳴が響いた。

少しして、天井の蛍光灯がチラ、と瞬いた。

「危ないな」

昶は展示用の横断幕（バナー）を作っていたパソコンのデータをセーブした。自分の鞄からノートパソコンを取り出し、ＬＡＮ接続してデータを移す。ノートパソコンならいつ停電してもバッテリーが機能する。

窓の外を見ると、もう夕映えはすっかり消えていた。低く垂れ込めた雲を、街の灯りがフットライトのように照らしている。

雨滴が窓を叩き始めた。雨は大粒で、たちまち窓に滝を作った。校舎全体が重低音の雨音に包まれる。雷鳴がしだいに頻度を増しながらそれに加わった。

「やだ、傘持ってないよ」

「帰るつもりだったんですか」

「む？」

「文化祭前夜を自宅で過ごすなんて、つまらない青春ですよ」

「だけど一晩中高圧電流でバチバチやるなんていやだ」

「やるしかないじゃないですか。ここまできたら」

「しかしなあ……」

バチバチはいやだよう——と泉がつぶやいたとき。

高台にある校舎上空にさしかかった巨大な積乱雲は、その上昇気流を起電機のように作用させて途方もない電荷をたくわえていた。電気容量が限界に達すると、大地に向けて堰（せき）を切ったような放電が始まった。

電撃はまず、化学準備室の窓枠を直撃した。大半は外壁にそって大地に流れ落ちたが、ありあまる電流が室内のスチールロッカーに飛び移り、ステンレスの流し台を疾走して泉の装置に到達した。

爆音と閃光、そしてイオン化した空気の臭いがたちこめる。

「ほえええええ」

多くの落雷がそうであるように、恐怖を味わったときにはすべてが終わっていた。

彼女は無事だった。

フラーレンの合成装置は白煙に包まれていた。

立ちのぼる白煙が天井に達するのを、泉は床に尻餅をついて見上げていた。

「だっ、大丈夫ですか、泉さん！」

昶が顔色を変えて駆け寄る。

昶に手を引かれて、泉は立ち上がった。立ち上がるなり装置の残骸を調べ始める。

机の上には焼け焦げた高圧電源と、溶けて穴の開いた中華鍋が無惨に転がっていた。

「全損、ですね」

「ううむ……」

「明日までに修復しないと」

「もーやめた！　フラーレンはやめてケミカルガーデンでいこう」

「だめです。マンネリになっちゃおしまいだって言ったのは泉さんですよ」

ケミカルガーデンとは溶液の中に結晶を成長させて作る樹枝状のオブジェで、文化祭では典型的かつ無難な出し物だった。

「だけどなあ」

「あと一歩だったじゃないですか。電源なら同じのが物理準備室にあるはずです。そいつをくすねてきますから。待っててください」

そう言って昶は出ていった。

聡明で勤勉でよく気のつく、かわいい後輩なのだが、ときとして頑固だった。自分からは何も提案しない。そのかわり、昶は泉が気まぐれに始めた計画を最後まで牽引する。

焦げた絶縁材の悪臭が立ちこめている。まずこれをなんとかしよう。

泉は換気扇を回した。

天井付近にたちこめていた白煙が、換気扇のほうに流れ始めた。

煙が蛍光灯の下を通ったとき、泉はかすかな違和感を感じた。

あのふわふわは何？

煙か？

逆光に輝いて、粒径は煙としてはかなり大きい感じだ。湯気のようにも見えるが、それにしては持続時間が長い。

泉は換気扇を止めた。

実験台の上に椅子を置き、大型のシリンジを持ってその上に立つ。シリンジは注射器のようなもの。泉は白煙の中に筒先を差し入れ、ピストンを引いた。ガラスのシリンダーの中に白煙が吸い込まれた。

床に降りて、その中身を観察する。シリンジを傾けると、煙はドレッシングの油のように上に集まってきた。透明な粒子が、きっちりと充塡されているように見える。

「これって……煙じゃないな。粉粒体?」

泉は顕微鏡を持ってきた。スライドグラスにグリセリンを塗り、粒子を付着させる。まず五十倍で観察した。

「シャボン玉……?」

倍率を上げる。顕微鏡の視野の中に、無数の透明なシャボン玉が転がっていた。白く見えたのは反射のせいだった。

粒径をスケールで測ってみる。五十ミクロン。一ミリのなかに二十個並ぶ大きさ。空気中に舞う粒子としては異常に大きい。ココア・パウダーや片栗粉よりはずっと粗いが、塩の粒よりはずっと細かい。ベーキングパウダーくらいか。

柄付き針でつついてみると、玉はつるつると針先を逃れた。ピンセットで粒子を挟むようにすると、それは跡形もなく消滅した。

消えた?

何度試しても同じだった。

これは固体粒子だが、シャボン玉同様、ものすごく薄い球殻にちがいない。

倍率を上げると、その破片のようなものがグリセリンの海に付着しているのが観察できた。球面が反射するだけで、厚みはまったくないように見える。

泉は顕微鏡から離れ、もういちどシリンジを眺めた。粒子はいまもシリンジの上側に固まっている。

　ふわふわの固体。

　空気に浮かぶ、直径五十ミクロンの固体の泡。

　そんな物質があり得るのか……。

「だめですよ泉さん、逃避してちゃ」

　背後から声がして、泉は跳び上がった。

　昶が戻っていた。高圧電源の入っているとおぼしき段ボールを抱えている。

「昶くん、それよりこれ見て」

　泉はシリンジを差し出した。

「なんですか」

「ふわふわしたのが」

「ふわふわ？」

　昶は床に箱を置き、シリンジを眺め、ついで顕微鏡下の観察にかかった。

　昶は長いこと観察していた。

　それから顕微鏡を離れ、壊れた実験装置を再度あらためた。

「これですね」

「なに？」

祀が示したのは、炭素電極の丸棒だった。長さ二十センチほどあったものが、いつのまにか半分くらいになっている。

「さっきの落雷で装置のあちこちが蒸発しました。でも一番減ってるのはここです」

「それが煙になったということは……」

この粒子の主成分は炭素？

炭素が透明な物質になるということは。

「この薄さならどんな物質でも透明でしょう」

先回りして祀が言った。

「確かめてみる必要がありますね」

祀は物理準備室からモース硬度計の箱を持ち出してきた。それは小さな標本箱のようなもので、硬度一から九までの物質が収めてあった。たとえば硬度七は水晶で、検査対象を水晶で引っ掻いて、傷がつけばその物質は硬度七以下だとわかる。逆に水晶のほうが傷つけば、相手は硬度七以上となる。

祀は硬度九のコランダム結晶を取り出した。それからシリンジの口にハンカチをかざして、中身をひとつまみ取り出した。

謎の粒子を磨き砂のように使って、ハンカチでコランダムをこする。

それからコランダムをぬぐって、ルーペでその表面を観察した。

「見てください」

コランダムとルーペを受け取ると、泉はその結晶面に光を反射させるようにして観察した。

泉は息をのんだ。

結晶が、磨(す)りガラスのように曇っていた。

コランダムとは、つまりルビーやサファイアのことだ。微量の不純物が混じると赤や青の宝石になるが、本来は透明に近い。

宝石になるからには、ものすごく硬い。

これより硬い物質といえば、硬度十……ダイヤモンドしかない。

「次は浮力ですね」

二百五十ＣＣの広口瓶に粒子を詰めて、空(から)のときとの重量の差を測る。

マイナス〇・一五グラム。

「最密充填したとすると……空気の三分の一の比重です」

「この球の中身はなんだ。水素かヘリウムか」

球殻は明らかに固体で、これが空気より軽いはずがない。内部に空気より軽い気体が詰まっているのだろう。

「水上置換しよう。乳鉢でつぶすから昶くん広口瓶で受けて」

ポリバケツに水を満たし、水中で逆さまにした乳鉢に謎の粒子を入れて中ですりつぶす。そのあとで乳鉢を傾けて、出てきた気泡を広口瓶で受け止める。そうすれば粒子の内部にあった気体を取り出せるはずだ。

泉は腕まくりして水中に乳鉢と木綿の袋に入れた粒子を入れた。袋から完全に空気が抜けたところで、中身を乳鉢に移す。

「しゃりしゃりしゃりと……。いくよ」

「どうぞ」

昶が広口瓶に水を満たして、乳鉢の真上に構える。

「はい」

泡はひとつも出てこなかった。潰れなかった粒子が浮いてくるだけ。

「あれっ？」

「なんで……？　ガスが水に溶けた？」

「二酸化炭素なら水に溶けるけど、それじゃ空気に浮くわけないし」

理科年表で調べてみるが、空気の三分の一以下の比重で水溶性のガスなど存在しない。

ということは。

「もともとガスなんか入ってなかった」

「真空、ですか!?」

　二人は顔を見合わせた。

「だけど——だけど真空だったらどうして大気圧で潰れないのかな。これってものすごく薄いよね」

　昶は電卓を叩き始めた。

「直径が五十マイクロメートル、比重は空気の三分の一……とすると球殻の厚みは……ダイヤモンドくらいの密度だとしたら……一ナノメートル弱！　原子数個ぶんの厚みしかないですよ！」

「うそだ。そんなので大気圧に耐えるわけないよ」

「だって現に耐えてるんですよ」

　泉は昶から電卓をひったくって自分で検算した。

　結果は同じ。

　二人は改めて、シリンジに残った粒子に見入った。

「明日の出し物はケミカルガーデンでいく」

　泉はきっぱり言った。

「文化祭が終わるまで、このサンプルと装置の残骸は封印する」

「どうして？　これ、すごく面白いのに」

「文化祭で展示するようなもんじゃないよこれは。天井に貼り付いてるやつも全部かき集めて保管して。本件は他言無用だ」

「でも……」

泉が決めつけると、昶はそれ以上逆らわなかった。

「デモもヘチマもあるか」

バケツとちりとりで天井の粒子をかき集め、ビニール袋に詰めて段ボール箱に押し込む。

サインペンを手にして、昶は言った。

「このサンプル、なんて呼びますか？」

昶は入れ物にはラベルをつけないと気が済まない性格だった。

「ふわふわ」

泉はぽろっと言った。硬いけど、これはふわふわだ。

「ふわふわ？」

「うん。ふわふわがいい」

「わかりました。コードネームはふわふわ、と」

ACT・2

文化祭明けの木曜日、泉と昶は午後から高校をエスケープした。

「ちょっと検査に行くって。そしたら大丈夫？　って聞いたよ、うちの担任」

「それで大丈夫ですって言ったんですか」

「あえて藪をつつくこともあるまいて。昶くんは？」

「クラブ活動で必要な分析のため工技センターへ行く、って」

「それで許されちゃうんだ」

「好きにしろ、てなもんです」

昶は秀才で、塾通いもしていないのに学年トップクラスの成績を維持している。

「体制は優等生に甘いな」

「僕なりの処世術ですよ」

浜松駅前のバスターミナルで乗り換えて郊外に向かった。ショッピングモールの前で降りてしばらく歩くと、工業技術支援センターの正門が見えた。

玄関ホールはちょっとした展示スペースになっていて、地場産業の電子機器やベアリングなどの機械部品が飾ってあった。もっぱら企業が製品の検査や性能測定をする施設だが、西高化学部もときどき利用する。

「こっち」

泉は殺風景な廊下をずんずん歩いていった。

応用材料研究部のドアを開けると、数人の職員が机に向かっていた。

「浜松西高校の浅倉ですが」

ああ、と言って検査技師が立ち上がった。

「定性分析だったね」

「はい」

泉は鞄から試料瓶を取り出した。小麦粉のような粉末になっている。ふわふわを乳鉢ですりつぶしたものだ。X線回折による分析のためには、粉末で二グラム以上用意する必要があった。ふわふわはすりつぶすとほとんど体積をなくしてしまう。この二グラムを作るためにバケツ一杯のふわふわをつぶした、苦心の試料だった。

「ふうん。なにかな、これは」

技師は、なんとなく瓶を振って感触をつかもうとした。

「結構硬いです。乳鉢が削れたんで、ちょっと成分に出るかも」

「磁器の？　乳鉢は」

「メノウです」

「ふうん……」

昼食を終えたばかりなせいか、反応が鈍い。男はのろのろと立ち上がり、行先表示板の「定性検査室」の欄に「高橋」の札をかけた。

高橋氏とともに、検査室に入る。小さな部屋に業務用冷蔵庫ほどの機械とパソコンが一台置いてあった。

高橋氏は粉末を試料ステージの窪みに充塡し、へらで表面を平らにした。試料は装置の中央に固定する。ガラス張りの扉を閉めてパソコンを操作すると、装置に警告灯がついて、X－RAYの文字が浮き上がった。内部の複雑な機械が、試料を中心にして扇状に動き始めた。

「いかすマシンだよね。フィリップスのだよ」

泉は昶にささやいた。

「日本に三台しかないんだって」

泉はいつも『月刊化学』の広告を見ながら、こんなのがうちの部にもあれば、とため息をつくのだった。

パソコンの画面には折れ線グラフが表示されていて、数秒おきに更新されている。

この装置は試料にX線を当てて、反射強度を測定する。角度によって反射の度合いが変わる様子を測るのだが、測定ができても、そこから元素を割り出すのは決して容易ではない。物質によって特定のパターンが出るので、それを既存のものと絵合わせして「これが一番近い」と推測するにすぎない。

グラフには二本の鋭いピークが立ちあがっていた。

高橋氏は首を傾(かし)げている。

「見たことないなあ……これは。炭素と……こっちは窒素か……」

窒素？　炭素だけじゃなくて窒素も？

泉と昶は顔を見合わせた。

測定が終わった。パターンをデータベースと照合する。ハードディスクのアクセスランプがめまぐるしく明滅している。

「第一候補が窒化珪素。だけどこりゃ違うな。こっちのピークの位置が全然ちがう」

高橋氏は測定値とデータベースのグラフを並べて表示しながら、さらに照合を進めた。

「こっちは窒素だ。まちがいないよな……もういっこは……炭素だよなあ？　あとの小さなピークは乳鉢の成分だろ？　……炭素と窒素だけ？　ってことは」

「窒化炭素、ですか」

泉がぽろっと言った。こういう場合、炭化窒素とは言わない。窒化炭素だ。

「窒化炭素。窒化炭素。……メノウ乳鉢が削れる硬度で、窒化炭素……？」

「立方晶窒化炭素」

「ええっ！」

高橋氏がこちらを向いた。顔色が変わっていた。急いで画面を見直して、またこちらを向いた。

「どこで手に入れたのこれ。こんな純粋な、まとまった量の立方晶窒化炭素なんて」

「まだ言えません。プリントしてもらえます？」

「あ、ああ」

高橋氏はグラフをプリンターに出力した。

「このサンプル、もらっていいかな」

「あげません」

泉はサンプルホルダーを硫酸紙の上でひっくり返して、粉末を試料瓶に戻した。ホルダーに付着した粉末も素早くハンカチでぬぐう。

「これ……だけどあれ……」

高橋氏はすっかり困惑して、うまく言葉が選べないようだった。

「六限目までに戻りたいんで、これで失礼します。昶くん行こ」

「は、はい」

泉は昶の手を引いて部屋を出た。

昶を引きずるようにして建物を出て、正門の外まで来たところでようやく歩をゆるめた。

泉は歩道の真ん中に立ち止まると、おもむろに身をかがめ、突然奇声を上げた。

「ヤアァァァフーッ！　すげえもん作っちまったぜえ！」

大股を開いてガッツポーズをきめる。

「あの、泉さん……」

「今日は祝杯だあ！」

　昶は当惑した顔だった。

「ですけど、ダイヤモンドじゃなかったわけだし」

「ダイヤモンド？　あのおじさんの顔色見なかった？　こりゃダイヤモンドどころの騒ぎじゃないんだって」

「すごい発見のようではありましたけど」

「すごいなんてもんじゃない」

「やっぱり文化祭で発表しとけば、ポイント稼げたんじゃないですか？」

「文化祭だあ？」

　泉はふっとため息をつくと、哀れみのまなざしを向けた。

「小さい。小さいぞ少年」

「そうでしょうか」

「学力を処世術とみるのも小さけりゃ、立方晶窒化炭素の偉大さを知らないのも小さい。立方晶窒化炭素てえのは夢の新素材だよ？　結合の腕が炭素より短いから、ダイヤモンドより強くなると予言されていた究極の物質なわけだ」

「予言、ですか」

「そう、リーマン予想みたいな、無機化学者の永遠の目標。理論的には存在するとされていたけど、誰にも合成できなかった。不純物のなかに、そうと言えなくもない兆候が見つかってはいるけどね。それがグラム単位で合成できただけでもすごいのに、ふわふわは空気に浮かぶんだよ？」

そう言って、泉は事態が相手の腑に落ちるのを待った。

ダイヤモンドは宝石としてだけでなく、原料・素材として並外れた特性を備えている。物質界の頂点にある強度と硬度。高い屈折率。銅の五倍になる熱伝導率。半導体特性。もし自由に使えるなら、身の回りのほとんどのものがダイヤモンドで作られるだろう。少なくともプラスチックと同じくらいには。日頃ダイヤモンドを見かけないのは、それが稀少だからにすぎない。

ふわふわはダイヤモンドの持つ性質を、さらに進めた形で備えているにちがいない。一ナノメートルの厚みで大気圧に耐えられるのも、きっとそのせいだ。

泉の脳裏に、いつか絵本で見た光景がひろがった。

空いちめんに浮かぶ、無数の気球。

高く、低く、色とりどりの。溶液の中を漂う分子のような。

すべて無為に。そしてすべてが最小エネルギー状態に落ち着いた——

ふわふわの世界。

二人は道ばたに立ったまま、しばらく見つめ合っていた。自転車に乗った主婦がじろじろ見ながら通り過ぎていった。

昶が口を開いた。

「応用ってことなら……すごいことになりますね」

「欲しがるのは誰？」

「世界、ですか」

「そう。売るのは誰？」

「それは……」

昶は言いよどんだ。

泉は畳みかける。

「昶くんさあ」

「はい」

「努力しないで生きたいと思わないか」

「それは……まあ」

「ふわふわを売れば、一生遊んで暮らせると思わないか」

「……」

昶はしばらく逡巡していた。それから言った。

「思います」

観念したような顔で言った。

「よし！　次にすることは？」

「まず、再現実験ですね」

泉はうなずいた。

「となると、落雷を再現しないといけませんね」

「あー、それだ」

泉は、ふと顔を曇らせた。

「バチバチはいやだなあ……」

「でもなんとかしないと。あの高圧電源は使えませんか？」

「たかだか六百ボルトじゃね。それじゃなくて……ほら、なんていったっけ、でっかいこけしみたいなやつ」

「バンデグラーフ起電機ですか」

「それそれ」

平賀源内のエレキテルを近代化したような装置だ。モーターの力でベルトを駆動して、高圧の静電気を作る。小型のバンデグラーフ起電機は市販されているが、落雷に迫る規模のスパークを飛ばすとなると自作するしかない。

「昶くん、それ作って」

「僕が、ですか？」

「あんたしかいない」

化学実験なら腕に覚えのある泉だが、機械装置やエレクトロニクスは苦手だった。苦手というより嫌いなのだが。

昶は、ひとたび動き始めると素直だった。

「やってみましょう。技術部や物理部に知り合いがいますから、協力が得られるかもしれません」

ACT・3

バンデグラーフ起電機。それは古いマッドサイエンティスト映画の定番アイテムだ。

研究室に鎮座して電光を放つ、怪しげな物体。それが浜松西高校の化学準備室に姿を現したのは、それから一週間後のことだった。

高さ二メートルの柱の上下を結んで、ベルトコンベアのようなものが高速で循環している。両端にある転輪は、向かってくるベルトと接し、出てゆくベルトと離れることを繰り返すので、ここで静電気が生まれる。

柱の上端は、直径八十センチはあろうかという金属の球殻に覆われている。この球が静電気を蓄積する。

金属球から導いた静電気は二手に分かれる。一方は太いガラス管に巻いたコイル、もう一方は、中華鍋の中央にある炭素棒に肉薄する、尖った電極につながっていた。

装置を作動させるとガラス管が燐光を放ち、炭素棒と電極の間に紫の放電が走った。


「それ、昶くんにまかした」

実験開始から二日目、バンデグラーフ起電機に背中を向けて、泉は言った。

「窒素イオンビームが関与してるってことはわかったし」

「まかすって、もっと実験しなきゃだめですよ、あらゆる状況を想定して――」

「だからそれは昶くんにまかす」

「泉さぁん……」

「バチバチはやだもん」

泉は部屋の反対側にあるパソコンにかじりついていた。画面にはインターネットでダウンロードした分子シミュレーション・ソフトウェアの窓が開いている。

泉はふわふわを、化学的手法で合成しようとしていた。

落雷の電流は、空気中の窒素をイオン化した。その窒素イオンが高電圧で加速されてビームになり、炭素電極を叩いたらしい。これで窒素の供給源はわかった。

ダイヤモンドはアルコールランプの炎からでも生成されるから、炭素の塊に窒素イオンが衝突して窒化炭素が生まれる、というシナリオはありそうな気がした。

問題は、それがなぜ直径五十ミクロンという、原子に比べれば巨大な球殻を作るかだ。

球殻を作る現象に高圧電流は直接関与していないのではないか。

泉はそう直感していた。落雷の電流は、窒素イオンビームを作ることに使われただけであって。

「じゃあやりますけど。ノイズ大丈夫ですよね」

「いいよ」

泉は計算途中の結果をセーブした。高圧電流がスパークすると、パソコンが誤作動することがたまにある。

昶が大きなスイッチに手をかけた。

「放電いきまーす」

「うん」

ばあん！

乾いた爆音がして、閃光が部屋に満ちた。

「……それさあ、ノイズはいいけどもっと静かにやれないかなあ」

「しょうがないですよ、八百万ボルトの放電なんですから。それに中華鍋で反響するみたいで」

「鍋ぬきでやれば」

「あのときを再現するためですよ。我慢してください」

「うーん」

それにしても神経を逆撫でする音だ。

いいかげん、ああいうのはやめにしたい。

だいたいあんなガラクタでバチバチやってちゃ、大量のふわふわを合成するなんてできっこないじゃないか。

泉はそう思いながら、分子シミュレーションの結果を眺めた。

だめか。

どうやっても、立方晶窒化炭素が自発的に球殻を作るなんて解はみつからない。

フラーレンなら、千個くらいの炭素原子が集まって大きな多面体を作ることはある。

しかしふわふわの球殻はそれより桁外れに巨大な、肉眼で見える粒子なのだ。

「放電いきまーす」

「うー」

ぱぁん！

明日は耳栓を買ってこよう。

自発的に球殻が作れないとしたら、なにかが外から手を貸しているのだ。

おにぎりは御飯つぶだけではできない。手で握って、形を整えてやらないと。

触媒か？　しかしそんなものは装置のまわりにはなかった。

「放電いきまーす」

ぱぁん！

爆音が思考をかき乱す。泉は立ち上がった。

「ねー、その音だけどさあ……」

こっちへ響いてこないようにできんかい、と言いかけたとき。

脳裏に閃光が走った。

音か。

中華鍋の中央、まるでパラボラアンテナの焦点みたいな位置に炭素電極がある。

この一点に、音波が集中したとしたら。

「音波おにぎり」

「はい？」

「あーそれだ。それそれ。それだよきっと」

「なんですか」

「音波でおにぎり結んでるんだ」

「ええと……」

昶はきょとんとしている。

「昶くんさ、こいつはイオンビーム作るだけでいい。バチバチはもういいよ」

「うるさいのはわかりますけど」

「そうじゃないんだって。かわりにスピーカーか何かで音作ってよ。ふわふわは音で丸めるんだよ、きっと」

「音場でですか……？」

昶は首を傾げた。視線が宙をさまよい、しきりに思考している。

「でもスパークさせないと炭素が飛びませんよ？」

「炭素はアルコールでも熱して供給すればいいよ。いい？」

泉はレポート用紙に図を描きながら説明した。

「アルコールをフィラメントで熱して炭素のプラズマを作る。そこへ窒素イオンビームをぶつける」

「気相生成法ですか」

「そそ」

気相生成とは、気体のなかで物質を合成することだ。アルコールは炭素と水素と酸素の化合物だから、それを熱して分解すると炭素が取り出せる。

「泉さん好みですけど……」

「好みもあるけど、化学的手法でやらなきゃ大量生産できないでしょ。これは量産できなきゃ意味がないんだ」

泉の脳裏には、あの光景が浮かんでいた。空いちめんの気球。

「でもアルコールを分解したら水素が出ますよね。爆発しませんか」

「水素は水槽にくぐらせて燃やせばいいよ」

「そうか」

「窒化炭素の生成部分は中華鍋の焦点に置く。そして正面からいろんなピッチの音を当てる。音で窒化炭素を転がして、ふわふわになる、と」

「でもそんなうまい話ってあるでしょうか。合成に必要なエネルギーの総量は検討しましたよね。高圧の大電流をスパークしてはじめて、エネルギーの帳尻が合うわけでしょう？音響とアルコールランプの熱で、窒化炭素がもくもく湧いて出るなんて保存則に反していませんか？」

「そうだけど、ナノスケールの物性は一筋縄じゃいかないし」

「そうかなあ？」

「とにかくやってみなきゃ。アルコール関係は私がやるから、昶くんは音源をなんとかして」

「わかりました」

昶は素直にうなずく。


最初の実験はうまくなかった。音源にスピーカーを使ったために、バチバチどころではない騒音に悩まされたのだった。そうして気づいたのは、ふわふわの直径から考えて、可聴音よりもはるかに高いピッチの音、つまり超音波がよろしかろうということだった。

昶はスピーカーの磁気回路とムービングコイルを利用して、超音波の振動を作り出した。以後はかすかにキーンという音がひびくだけで、ずいぶん快適になった。

実験開始から四日め。二人は中華鍋の焦点から立ち昇る、かすかな白い粒子を見た。

「おっ」

「出た？　いま出たよね？」

「待ってください、もうちょい」

昶が超音波のピッチを微調整する。

劇的な変化が起きた。アルコール蒸気と窒素イオンビームが衝突する、一見空虚な空間から、それは沸騰したやかんの湯気のように湧き出してきた。

白煙は天井に達し、いつまでも消えずにそこに留まった。

もう間違いようがなかった。

泉は昶を見た。昶もこちらを見た。

ぴしゃん！

二人は掌を打ち合わせて小躍りした。

「ふわふわだあ！　ふわふわがまた出たー！」

缶コーヒーを買ってきて祝杯を上げる。

最初の興奮がどうにか鎮まった頃、昶はふと首を傾げた。

泉も同じことを考えていた。

「それにしても……なんででしょう？」

「わかんない。でもとにかくできちゃったんだし」

「ま、いいか。できたんだから」

「そうそう」

そして二人は、努力しないで生きる、次なるステップを踏み出したのだった。

ACT・4

ごう、と木枯らしが吹き渡り、落ち葉が乾いた音を立てた。

泉は身をすくめた。そこは丘陵地に残された里山のひとつだった。泉の生まれ育った団地から数キロしか離れていなかったが、一度も入ったことがなかった。

木立に囲まれた小径をしばらく歩くと、左右に白壁をしたがえた門が見えてきた。

「もしかして、あれ？」

「そうです」

「昶くんちがこんなブルジョワだったとは」

「もう没落してます。そこが狙い目なんですが」

昶の父は商社マンで、二年前からインドネシアに駐在している。二人が狙っているのは祖父の鉄工場だった。それは保科家の没落を象徴するもので、現在は開店休業状態にあり、細々と調理器具などを製造している。

重厚な門をくぐると、枯山水の庭があった。広壮な造りだが、石灯籠の根元に青いポリバケツが転がっているあたりに綻(ほころ)びを感じる。

カチリ、という音がした。

庭に開け放たれた座敷で、老人が一人で碁を並べていた。白髪に白髭をたくわえ、ひょうひょうと痩せた体にどてらを羽織っている。

「ステロな眺め……」

「祖父です」

祀は庭から縁台に上がり、「じーさま」と声を掛けた。老人は「おう」と答え、こちらを見た。敷石の上に立っている泉に目をとめ、「お連れさんか。お上がんなさい」と言った。

耳はやや遠いようだが、ぼけてはいないな、と泉は思った。

祀が座布団を運び、二人は老人と向かい合わせに座った。

「化学部部長の泉さんです」

「はじめまして、浅倉泉です」

「保科清五郎です。ほれ」

老人はたもとからお徳用キットカットの袋を取り出し、二人にすすめた。

「じーさま、また隠れてチョコレート買ったんですか」

「佐和子さんには秘密だ」

「わかりました。そのかわり、ひとつお願いがありまして」

「ふむ」

昶が目でうながす。泉はふわふわの詰まった広口瓶を取り出した。

ひととおり説明すると、保科清五郎は瓶を受け取り、中身をつまんで空中に放った。

粒子のいくつかは碁盤の上に落ちた。

「まだ歩留(ぶど)まりが悪いようだが」

「手脂がついたせいです。ふわふわ一個の浮力はものすごく小さいですから、わずかな汚れでも影響します」

「なるほど」

老人の泉を見る目が、少し変わった。

「あんたが発明したんかね」

「最初は偶然で、再現は昶くんと共同です」

「アイデアは泉さんが出したんです。僕は実作業をしただけで」

「ふむ。それで、これをどうしたいかな」

「私、努力せずに生きたい性格なので」

泉はきっぱり言った。

「これを売って一生何不自由なく暮らしたいと思います」

「これを売るとな……」

「昶くんから、おじいさまの会社にアイデアを持ち込めば、万事うまくやってくれるだろうと聞きまして」

「そうか。よし、ちょっと待て」

清五郎は碁盤をひっこめ、かわりに座卓をひっぱってきた。便箋(びんせん)と万年筆を取り出す。

「まずは特許だ。出願前には絶対人に知らせてはいかん。知らせてないだろうな」

「大丈夫です」

「泉さん、取引なんだが、これはあんたと昶の共同出願にしてくれんかな」

「そのつもりですけど」

「よろしい。それはそうと日本の特許制度というやつは、まあいろいろおかしなことになってて な、素人が出願してもいいんだが、審査に通らんことが多い」

「はい」

「懇意にしとる弁理士がいるから、そいつに頼んでみよう。三十万か……いや、国際特許ならもっとかかるが、昶、おまえ出せるか」

「十五万しか」

「じゃあ残りはわしが立て替えよう。それからサンプル出荷だな。量産できるそうだが、どれくらいだ?」

「いまの装置で一日二百リットルくらいはいけるかと」

清五郎は眉をあげた。

「たいしたもんだ。なら十リットル百万で売るか」

「えーっ！」

泉と昶は同時に声をあげた。

「それじゃ暴利です。十リットルだったら材料はアルコール大さじ一杯ですよ？」

「価格というものは価値で決めるもんですぞ、泉さん」

「でも、ふわふわが本当に役に立つのは、何百、何万立方メートルも使ったときです。あんまり高くちゃ――」

「なに、高いのはサンプルだけだ。企業や研究機関相手のな」

老人は、ほっほっほ、と初めて笑い声を立てた。

「あとは量産してどーんと安く出す。特許使用料だがな、売り上げの二～四パーセントくらいが相場だな。ここはひとつ、四パーでどうだ」

サンプルが百個売れたら一億。他社が一億売り上げたら特許使用料は四百万。

「内訳は泉さんに三、昶に一」

自分には三百万。わお！

「昶くんと半々でもいいですけど？」

「僕は一パーでいいです」

「孫に大金をやっちゃ気がひけるんでな。それでもちょいとしたもんだが」

清五郎は目を細め、取り決めを便箋に書き込んだ。

「それで、おじいさまの工場というのはどういう？　鉄工所と聞きましたけど」

「ああ、あれな。保科紡績って知らんかな。明治の頃にわしの祖父が始めて、戦前はえらく羽振りがよかったんだが」

「ええと……」

老人は、よいよい、と手を振り、

「それの子会社で保科鉄工というのがあってだ、これは紡績工場の機械を作ったり修理したりするとこだ。紡績のほうは、戦後もちょっと復興したんだが、まあ人件費で負けたなあ。中国と南方のやつらに」

「はあ」

「それで、鉄工のほうだけ生き残ったんだが、これもハイテク化に乗り遅れてな」

「はあ」

「いまじゃ従業員三人で中華鍋を作っとる。まあ鍛冶屋だなあ、あれは」

中華鍋……？

「ほら、最初の装置に使ってた、あれですよ」

「ああ、あれ」

そこで清五郎は、はたと宙を見据えた。

「保科鉄工。社名がいかんなあ」

「そうですか？」

「鉄工なんて重そうでいかん。こういうもんを売るなら、いめえちぇんをしないとな」

「いめえちぇん……」

「泉さん、なんかこういい名前はないかな。軽い、ふわふわっとしたような」

泉はちょっと考えてから言った。

「じゃ『ふわふわ社』でどうです？」

「ふわふわ社。よし、それがいい！」

まじですか？　と言いたげな裾をよそに、清五郎は便箋に「新社名、ふわふわ社」と書き加えた。

「ついでに役員も変える手だなあ。泉さん、あんた社長やらんか」

「ほえ？」

「わしゃ化学のことはわからんし、こんなおいぼれが社長してちゃ、いめえちぇんにならん。まあ初めのうちちょっと騒がれるだろうが、すぐ慣れるだろ」

「私としては努力しないで特許使用料で人生送りたいわけなんですけど」

「あんた若いんだし、特許は二十年で失効する。人生花盛りってときに収入が止まっていいのかね」

二十年後というと三十七歳か。

「ちょっと困るかも」

「だろう。そりゃあ社長やって稼いだほうがいい。努力しないで社長になれるんだから、これ以上望んじゃばちが当たるというもんだ」

「でも私、高校在学中なんですけど」

「昶を専務にして実務はそっちにやらせる」

「僕も在学中なんですけど」

「雑用はパートにでもやらせりゃいい」

清五郎はトントン拍子に話を進めてゆく。

「泉さん、なにはともあれ出願だ。弁理士に見せるから、ふわふわの製造法をレポートにまとめとくれ。図面もつけてな。それとな――」

清五郎は小引き出しから茶封筒を出して、中から一万円札を十枚ほど引き抜いた。

「これで印鑑つくってきなさい」

「印鑑?」

「社長印だ。シャチハタみたいなのじゃいかんぞ、ちゃんとしたのだ」

「はあ……」

泉がふわふわ製造のレポートを書き上げると、清五郎は弁理士を家に呼び、出願書類を整えさせた。得体の知れない書類がたくさん出てきたが、泉はままよとばかりに捺印した。それから新会社の登記書類にもばんばん捺印した。

特許の出願がすむと、泉と昶は清五郎に連れられて保科鉄工を訪れた。

昶の家から十五分ほど歩く。そこは古びた木造の町工場で、倉庫のようなシンプルな建物だった。

天窓から差し込む光が金色の塵の柱をつくっていた。それがかえって内部を暗く見せている。鋼材や旋盤やフライス盤、アセチレンガスのボンベやプレス機などが、どれも黒ずんで油滲(あぶらじ)みて、鬱蒼と並んでいた。

工場内の一角は事務所で、外に面した窓の上にブリキの煙突が突き出していた。

清五郎が言った。

「まあ汚いところだわな。泉さんには合わんだろうが、大掃除すりゃちっとは――」

「いえ、こういうの好きです。広いし」

好きなだけ汚せるし。

「そうか」

清五郎は目を細めて、事務所の扉を開けた。

「新社長連れてきたぞ」

三人の従業員に起立して迎えられた。佐藤、大喜戸、塩澤——おじさんが二人、おばさんが一人。全員五十歳を過ぎている。

「ども。なんか社長をやることになった浅倉泉です。えー、社名とかいろいろ変わりますが、待遇変わりませんので。ええ。そんなとこで」

それ以上話すことが思いつかなかったので、泉はぺこりと頭を下げて挨拶を終えた。

「まー、賢そうな子だわ」

塩澤おばさんはそう言ってストーブの上からやかんをおろし、急須に湯を注いだ。盆に湯呑みを六個並べ、均等に茶を注いで配り始める。マイペースな人らしい。

続いて昶が専務の就任挨拶をすると、

「そいで、わしらぁ何すりゃいいですかね」

おじさんの一人、佐藤氏が尋ねた。この道四十年という風情の、赤銅色(しゃくどういろ)の肌と節くれ立った手をしている。

「昶くん図面」

「はい社長」

昶が机にふわふわ製造プラントの図面を拡げた。みんなで囲む。

「これは高校のクラブで作った装置なんだけど、それで商売するわけにもいかないから、同じものを作ってほしいわけ。心臓部分は昶くんがやるから、まわりのフレームとか階段とかサイロとかを」

「サイロってこの図面、どっちが上だぁ？」

「これでいいの。ふわふわは上に集まるから」

サイロとは穀物やセメントなど各種の粉粒体を貯蔵する容器で、上から注ぎ、じょうごのようになった底から取り出す。ふわふわの場合は上下が逆になる。

「ふわふわってぇのはあれか、煙みたいなもんかね？」

「先に説明すべきだったたな。昶くんサンプル」

「はい社長」

昶が広口瓶を差し出す。泉はおなじみのデモンストレーションを繰り返した。

「こりゃたいしたもんだ」

「見たことねえな、こんなもん」

「やっぱり賢いわあ、この子」

三人の従業員はがやがやと感想を述べた。この小社会においては、社長という地位にたいした隔絶感はないらしい。

それから二時間ほど、装置の細部を詰めた。町工場なんてと思っていたが、泉は職人たちとすっかり意気投合してしまった。部活の実験とはちがう、鉄工所には鉄工所のノウハウがあった。今でこそ中華鍋など作っているが、もともとはオーダーメイドの機械を作るところなのだ。

佐藤と大喜戸は、百年使っても壊れない機械を作ってやると張り切っていた。

「でもさ、これは試作機みたいなもんで、たぶんすぐ、もっと大きいのを作ることになるから」

泉が何度言っても、二人は耳を貸さなかった。

ACT・5

冬休みが終わり、三学期が始まってまもなく、準備が整った。

袒も三人の従業員もちゃんと仕事をした。ふわふわの製造装置は左右二メートル、高さも同じくらいで、バンデグラーフ起電機と蒸気機関車の煙突のようなサイロが目立っていた。ふわふわを合成する核部分は鉄箱の中にあり、構造を隠していた。

「袒くんさあ、段ボール発注するんだけど、何個作るかな、サンプル。五十個もありゃいいか」

「そんな小さい。どーんと五百個くらい作りましょう」

「かさばるって」

「じゃ、箱だけ五百個発注して、中身は二百個ぶんでどうです」

二百個といえば二千リットル。この装置なら製造に三、四日かかる。

「そうするか」

「二百個くらい、即日完売ですよ」

「まさか」

それからセコムを呼んで警備装置も一式取り付けた。

建物正面には『ふわふわ社』の看板が掲げられた。

土曜日の午後、泉はマスコミ公開に踏み切った。事務所の電話に手を掛けて、

「民放だよね、やっぱり」

「ＮＨＫじゃ電話番号流してくれないかも」

「ＳＢＳにするか」

１０４で問い合わせて、静岡放送（ＳＢＳ）の代表をコールする。

「もしもし、こちらふわふわ社と申しますが、提供したいニュースがありまして」

報道部におつなぎします、という返事があり、まもなく男が出た。

「はい、ＳＢＳ報道です」

「私、ふわふわ社社長の浅倉と申しますが、提供したいニュースがありまして」

「はい、なんでしょうか」

「こんどうちで、画期的な新素材を開発したんですけど」

「新素材。どういう?」

「立方晶窒化炭素といいまして、ダイヤモンドより硬い素材です」

「ダイヤモンドより?」

「そうです。そして空気より軽い」

「空気より……えっ?」

少し間があった。

「それはちょっと、あり得ないのでは……」

「それがあるんです。薄膜結晶で発泡スチロールみたいなものを作ったと考えてください」

「失礼ですが社名とお名前をもう一度」

「ふわふわ社の浅倉泉。浅知恵の浅に倉敷の倉。温泉の泉」

会社の住所と電話番号も伝える。

「その、立方晶窒化炭素というのは、いまそこにあるんですね?」

「あります。どっさり」

「それじゃですね、浅倉さん、今から取材にうかがってよろしいですかね」

「もちろんです」

「今からだと……浜松だから……一時間半くらい。いいですか」

「オッケーです。撮影するならクローズアップのできる機材持ってきてくださいね」

電話を切ると、泉はサムアップ・サインを出して言った。

「一時間半で来るって」

昶はにんまり笑ってサムアップを返した。


それは月曜夕刻のニュースで放映された。

泉は事務所のテレビで、昶とともに観ていた。

『次は、女子高生が夢の新素材を発明して、新会社を設立したというニュースです』

工場の外観が映る。カメラが薄暗い内部に入り、装置の前に来ると、白衣をひっかけた娘が登場した。

右手にふわふわを詰めた広口瓶を持ち、左手で蓋をしている。

おー、オレだ、と泉は思った。笑えよ、オレ。

『これがふわふわです。じゃ、いきます』

蓋を取ると、ふわふわがすっと舞い上がった。『あれっ?』というレポーターの声が重なる。白い粉末は、澄んだ冬の空に消えていった。

『んじゃ、実験その二』

泉は水槽の中でふわふわを押しつぶしてみせた。水素やヘリウムが入ってないことを示す実験だ。

『ふわふわが固体の泡みたいなもので、中身が真空だってことはわかったと思うけど。どれくらい薄いかってのも、わかる人はわかると思うし』

それから拡大写真のパネルを使って、ふわふわの構造を説明した。

工業技術支援センターでもらったスペクトル分析チャートも見せる。

『とゆーわけで、これは夢の新素材、立方晶窒化炭素ってことになります。作り方は秘密だし特許出願中。でもサンプルはおわけできます』

泉はサンプルの袋とパネルを胸の前に掲げた。

『夢の新素材が一袋たった百万円。電話番号はこちら。商談お待ちしてまーす』

映像がスタジオに戻った。

なんだか夢のある話ですね。売れるといいですね。もしかしたらノーベル賞取れるかもしれませんね、などとキャスターは語り合い、次のニュースに移った。

「なんか、あんまり本気じゃない感じですねえ」

祀が言った。

「見る人が見りゃわかるよ。本物だって」

そう言った刹那（せつな）、着信音が鳴った。泉は受話器を取った。

「はい、ふわふわ社です」

『こちら大和技研の大村と申しますが』

「はいはい」

『ニュースで観たんですが、あの——』

「ふわふわ」

『そう、ふわふわ。あれについて詳しくお聞きしたいと思いまして』

「それでしたら明後日午後一時から説明会を開きます。ＦＡＸで案内入れますんで番号を」

　番号をメモして通話を終える。二秒後、また着信。

「はい、ふわふわ社です」

『カワキタ製鉄応用材料研究所の秋山と申しますが』

「はいはい」

　以下同文。

　一時間が経過したとき、泉はまったくＦＡＸを送れずにいることに気づいた。もう七時だ。これでは相手が退出してしまう。

「——すいません、ちょっとお待ちを」

　保留ボタンを押し、泉はメモを昶に差し出した。

「案内状さ、あんたん家の電話で送ってくれる？　送ったらまた来て。次のメモ渡すから」

「わかりました」

「説明会だけどさ、ここ何人入れるかな？」

「立たせとくだけなら二、三百人はいけますよ」

「じゃ二百人で打ち止めにするか」

応募が二百件を越えたのは午後十一時のこと。

泉は電話を留守録に切り替えると、事務所のソファーに身を横たえた。

やるじゃん日本企業。ちゃんとアンテナ張ってるわ。

ACT・6

二日後、説明会当日の朝。

「泉、泉。あんたなにしたの？」

母親ががくがく上半身を揺すっていた。

「むう……」

午前六時。外が騒がしい。

泉は起きあがって、二階の窓のカーテンを払った。

前の通りは黒山の人だかりだった。誰かがこちらを指さした。業務用のカメラがいっせいにこちらを向いた。

泉は反射的に身を引いた。

「すげえ……」

「ねえ、あんた何したの？　なんか発明したって、記者の人が」

「そーゆーこと」

泉はクローゼットから私服を出して袖を通した。

「今日、学校休むから」

「休むって」

「このぶんだと学校にも伝わってると思う。さらば日常ってわけ。賢い娘を産んでよかったって思うときが来るよ、もうじき」

洗顔し、朝食をかき込む。コートを羽織ると、泉は玄関を出た。

シャッター音が蟬の大群のように湧き上がった。

「浅倉さん！　浅倉さあん！」

人垣の向こうから、先日会ったSBSのレポーターが必死の形相で手を振っている。

「すごいですよ、あれから局へ問い合わせがすごくて！」

声が聞き取りにくい。身動きもとれない。泉は群衆に向かって吠えた。

「ちょっと！　うちの前ふさがれると困るんだけど！」

お言葉もらえれば撤収しますんで、と言われる。

「じゃ誰か代表立てて！」

インタビューが始まった。それは「なぜ化学を志したか」に始まり、「恋人はいますか」「昶くんとの関係は」「好きな食べ物は」と続き、「いじめと不登校をどう思うか」に至った。

報道陣はいったん退散したが、それからも絶え間なく出現し、九時頃に小さなピークがあった。主婦向けの番組の実況中継らしい。

正午、泉は自転車に乗って出発した。

二百メートルほど走って泉は停止した。金魚のふんのごとく報道陣がついてくるのだ。これはたまらない。

家に戻って自転車を置くと、手近な車に「乗せて」と言った。願いは二つ返事で聞き入れられた。泉の乗った車に先導される形で、報道陣のコンボイはふわふわ社に向かった。

こちらも報道陣と客でごった返していた。

客を一件一人と見積もったのは失敗だった。たいてい二、三人で、しかも車で来る。エ場のまわりは車で埋め尽くされ、表の国道にも路上駐車の列ができていた。

人混みをかきわけて事務所に入ると、昶が満面の笑顔で迎えに出た。

「やりましたね。大反響ですよ！」

「そりゃいいけど、無事にすむかこれ」

「大丈夫、完売まちがいなしですよ」

工場の外のスペースにテーブルを出し、説明に使う顕微鏡などを並べた。箱詰めしたふわふわは工場の奥に押し込んである。

「大喜戸さん、資材置き場のとこ危ないからロープ張ってくれないかな」

「おう、やっとくわ」

「おばさん、もう電話取り次がなくていいから」

「はいよー」

泉は時計を見た。一時まであと三十分ほどあるが——

「とっとと始めるか。開門だ！」

「はい！」

入るだけ人を入れ、残りは待たせた。

泉は毎度のデモンストレーションを繰り返した。製造装置も少し運転してみせたが、製法についての質問にはいっさい答えなかった。

それから急拵え（きゅうごしら）えのグローブボックスを使って客にふわふわを触らせた。それは透明アクリルの箱にゴム手袋を取り付けたもので、中のふわふわを触って確かめることができる。直接触らせなかったのは、万引きを避けるためだ。ひとつまみでも盗まれたら、かなりの分析ができてしまう。

別のテーブルでは三台の実体顕微鏡でふわふわを観察させた。

文化祭の要領だ。嘘偽りのない新素材だと納得させることだけを考えた。

客が一巡したところで、即売にかかった。

二百袋のふわふわは、一時間で完売した。買えなかった客には、明後日また来てくれと言って帰らせた。

後に残ったものを、従業員ともども、泉はしばらく無言で眺めた。

現金と小切手の山。

きっかり二億円の売り上げ。

昶が口を開いた。

「言ったとおりでしょう、泉さん。即日完売だって」

「ああ」

百年に一度のサクセスストーリーとして語り草になった一日は、こうして暮れたのだった。

第二章　ふわふわに溺れた日

ACT・1

「……さん。泉さん。泉さんてば……社長！」

「うう」

泉はカウチから身を起こした。

上半身をがくがく揺する母はいない。

かわりに昶が立っていた。非の打ち所のないビジネススーツに身を固めている。

泉はといえば、高校時代とかわらず、よれよれの白衣を羽織っていた。白衣のいいところは、なんでもポケットに詰め込めることだ。

泉は左手で目をこすり、右手でテーブルの上をまさぐった。

書類の山積したテーブルから、昶が眼鏡を探し出して手渡す。

「はい」

「ふー。昶くんコーヒーいれて」

「はいはい。あーあー、散らかしちゃって」

カウチのまわりには報告書や論文、雑誌、メモの山が堆積し、ワゴンの上は紙コップやカップ麺の容器が積もっていた。

「片づけなくていい！　そういう配置なんだ」

「はいはい」

昶は新しい紙コップにインスタントコーヒーを入れてポットの湯を注いだ。

「どうぞ」

「ありがと」

「到着前に、ちょっとお耳に入れたいことがありまして」

「ん」

ずず、とコーヒーをすすると、泉は窓の外を見た。

澄み切った空のもと、単調な曲線を描く海岸線がゆっくりとスクロールしてゆく。

遠方に青くかすむ円錐は富士山。

「おー。浜岡原発がマッチ箱のよーだ」

「天気は終日良好です」

「ん」

そこはふわふわ社の社用飛行船『ふわふわ1』。

全長八十メートルに達する浮力体には、もちろんふわふわが使用されている。それはイルカを思わせる流線型に成形され、船体下部に張り出したバラストキールのようなキャビンに美しく溶け合っていた。

その前部展望ラウンジを、泉は社長室として使っていた。

現在の高度は千五百メートル、速度は時速百八十キロ。

発電用の小さなガスタービン・エンジンの音はほとんど響いてこない。むしろ左右にある電動ティルト・ローターの風切り音のほうが耳につく。

関西視察からの帰途だった。

あれから三年。わずか三年。

ふわふわ社は従業員八千人を抱える巨大企業に発展していた。

サンプルを即日完売して二億を稼ぎ出してから、狂騒の日々が始まった。株式を公開し、人を雇って雑務を押しつけると、泉はさらに決定的な発明をして会社の地位を不動にした。

まず、〝ふわふわケーキ〟。粒のままでは扱いにくいので、ふわふわを真空容器に入れてオーブンで焼いてみた。すると粒子が焼結して発泡スチロールのようなものができた。粒子は石鹸の泡のように融合して球の隙間に真空を閉じこめたので、ますます総比重が小さくなった。空気に対する比重は〇・二四。地上では一立方メートルあたり約一キログラムの浮力を持つ。それでいて発泡スチロールを越える強度があり、防音・断熱特性も優れていた。

ふわふわケーキを使えば球皮やフレームのいらない、自由な形態の飛行船ができる。さらに高層ビルや橋などの建築素材としての応用も広がった。

次なる発明は空気中の二酸化炭素を炭素源にする製造プラントだった。泉の思いつきだったが、開発は社内の研究所がやりとげた。モレキュラー・シーブと呼ばれる特殊なフィルターを利用して空気から二酸化炭素を漉し取る。これと空気中の窒素を化合させればふわふわができる。つまり電力さえあれば、原材料は空気だけで事足りる。しかも温室効果ガスの減少に役立つというので、政府からも国民からも歓迎された。ふわふわ社の生産活動はCO_2排出基準をクリアする鍵とさえ言われている。

第三の発明は〝ふわふわストリング〟だった。ふわふわは音場を一点に収束して球殻を作ったが、この焦点を点ではなく線に置き換えると、切れ目のない円筒状のふわふわができた。肉眼では絹糸のように見える。これを撚りあわせると、鋼鉄よりもはるかに軽くて強いケーブルになった。ふわふわストリングで乗用車をつり上げるデモンストレーションには世界中が驚愕した。

〝ケーキ〟の圧縮応力と浮力、〝ストリング〟の張力を組み合わせれば、どんな立体でも作れる。ふわふわ社の行く手に怖いものなし、と思われたのだが……。

泉は昶が辛抱強く待っているのに気づいた。

「座れば。用件はなに」

昶は向かい側のカウチに腰を下ろした。

「いい知らせと悪い知らせがあるんですが、どっちから聞きたいですか」

「いいほう」

「例のマイナス炭素税法案、通りそうですよ。吉田先生の一派がこっちにつきましたんで、十中八九確実です」

「ん。よくやった」

炭素税は、あらゆる産業の炭素排出量に応じて課税される。逆に空気中の炭素を固定する産業に対しては税を減免し、実質的な助成金にしようというのがマイナス炭素税法案だった。

植林事業なども優遇されるが、なんといっても最大の利益を得るのはふわふわ社だった。社では祀の指揮のもと、腕利きの弁護士やコンサルタント、ロビイストをかき集めて諮問委員会の多数派工作を続けてきた。

「で、悪いほうは？」

「第六工場なんですが、支索が風で振動して低周波音を出すそうです」

「低周波音？」

「耳では聞き取れない、七ヘルツ程度の音なんですけど、人体に悪影響があるそうで」

「じんたいにあくえいきょう……」

泉は苦い声で復唱した。「地球環境に悪影響」と並んで、自分のいちばん嫌いな言葉だ。もちろん悪影響はあってはならないのだが、その言葉の使われ方が嫌いだった。よく確かめられてもいないことを振りかざす抗議への対処は、実に面倒くさい。

「それで地元が抗議集会を準備しているんですが」

「焼津？」

「ええ。せっかく日照権が決着したのに。どうしましょう、これ。反対派の一部に金渡しで分裂させますか。動かせそうな面子（めんつ）はチェックしてあるんですが」

「そーゆーことはするな」

泉はやや声を荒らげた。

「あんたそういうの面白いんだろうけどさ、大企業だからって好きに陰謀していいもんじゃないぞ」

「別に陰謀ってわけじゃ」

「工場から半径十キロ以内にモニタリングポストを置こう。気象と低周波音を常時測って送信させる。集計結果もリアルタイムでウェブに流す。データはすべて正直に」

「はい」

「対策としてはだな——座ってて」

　泉は電話を筑波のふわふわ技研につないだ。

「もしもーし。泉ですけど、斎田先生いるかな……ああ先生、いま時間いいですか。第六工場の支索で低周波音が出るっていうんですけど……七ヘルツ……はい……ああ、そばに神いますんで会議モードで」

　通話音声を室内のAVシステムに切り替える。

　プロジェクション・スクリーンに斎田部長の白髪頭が現れた。

『それだったらねえ、支索の共振周波数をいじる手かなあ。途中に錘をつけるとかね』

　おっとりと枯れた声が響く。

　斎田は背後のホワイトボードに図を描きはじめた。

　泉はこの好々爺とした研究者が好きだった。どんな難題が持ち上がっても嫌な顔をせず、考えるのが楽しくてしょうがない様子で取り組む。

『それかねえ、こういうボルテックス・ジェネレータを巻き付けるとかね。これはつまり、細かい渦を作ってエネルギーを発散するわけね。送電線なんかであるんだよ、こういうの』

「じゃあ目処はすぐ立ちます？」

『うーん、スパイダーがあれば三週間くらいで実験にかかれるかな。シミュレーションもできるけど、まあカット・アンド・トライだねえ。モニタリング装置ばらまいてデータ集めないと』

「それはいまさっき指示しました。昶くん、スパイダー何台かまわせる？」

「十機くらいなら」

スパイダーは支索を自分でよじ登って各種の工事をするロボットのこと。ふわふわの大規模建築を画期的にスピードアップする機械として就役したばかりだ。

「それでいいですか、先生」

『二十機はほしいねえ。それか人海戦術か』

「なんとか二十機揃えます」

『優先度Aもらえるかねえ？』

「いいですよ。じゃ、そういうことでよろしく」

回線を切ると、泉は時計を見た。

「ふー。着陸まで二十分あるか」

「係留作業に十分かかりますから、三十分は遊べますよ」

「それはいいけど、飛行船の発着はもっとてきぱきやれないとなあ。人手もかけないようにして」

「飛行船発着用のスパイダーでも作りますか」

「ああ、それいいね」

泉は立ち上がった。

「ラウンジいこ。腹へった」

「あの、悪い話がまだ終わってないんですけど」

「ラウンジで聞く」

ふわふわ1のロワーデッキは、機首側から社長室、社長私室、トイレ、シャワールーム、ギャレイ、ラウンジ、客室、貨物室の順に並んでいる。ラウンジには炭酸飲料やコーヒー、カップ麺、ビールとつまみなどのサーバーがあった。

「ここの内装、なんとかなりませんかねえ。まるで安ホテルの自販機コーナーじゃないですか」

「いいじゃん、実験機なんだから」

「実験機だからこそ、豪華な飛行船の旅をデモンストレーションしなきゃ。いまだって、ふわふわ1は空飛ぶ重役室なんですからそれなりの格ってもんがないと」

「いいよそのうちで」

五時間以上続けて寝たのはいつの日か。多忙な泉にとって、豪華客船のようなサービスなど無用だった。空腹をおぼえたら、人手をわずらわせずにぱっと食えるのがいちばんだ。

泉は赤いきつね、昶はクリームぬきのネスカフェをテーブルに運んだ。

「で、悪い話その二って」

「九州沖縄連絡橋なんですが、環境保護団体が抗議声明を出しています」

「また日照権？　海に影が落ちるだけだってのに」

「いいえ、それもありますけど、こんどのは珊瑚礁の上をアンカーラインが通るのが問題だそうです」

「いい魚礁になると思うけどなあ」

「魚が喜ぶかどうかじゃなくて、環境が変わることが問題なんでしょう」

「沿岸部だけアンカーラインなしでやれないかな？　珊瑚礁の終わったところに橋脚を立てて」

「そうなると結構な深海に橋脚を立てることになりますし、もともと橋脚がないことで環境団体をなだめてきたわけですから」

「うーん」

泉はカップの蓋を開いて、麺をすすり込んだ。

ふわふわを使えば、橋脚のない橋がきわめて安価にできる。しかし、ふわふわ建築物は風と着氷、積雪に弱い。九州沖縄連絡橋の場合、着氷や積雪の心配はあまりないが、台風銀座のまっただ中にあるので強風対策がネックだった。

モデルケースとして鹿児島・種子島ルートを受注してみたものの、海中から多数のアンカーラインを張って橋を支える構造にはさまざまな問題があった。

「やっぱ離島との交通は飛行船かなあ……」

「ですかねえ」

ふわふわケーキを使った飛行船は順調に普及が進んでいる。

毎分五百立方メートルを生産する第三工場が完成して、ふわふわケーキはいまや一立方メートルあたり千円で市販されている。これはヘリウムガスの数分の一の値段だし、ガスのように漏れて消耗することもない。

真っ先に商品化されたのはスカイサイクルと呼ばれる一〜二人乗りのスポーツ用飛行船で、直径六メートルの球形、もしくは長径十メートルの流線型モデルがよく売れていた。国内では保管場所に悩む者が多いが、海外では飛ぶように売れている。動力は人力、ガソリンエンジンのほか、太陽電池を使った電動モーター仕様もあった。

貨物や旅客を運ぶ大型飛行船は、耐空証明を得るのに苦労した。山のような検査と法規制の壁があったが、それも今年の春までにほぼクリアした。昶の率いるロビイスト集団がここでも暗躍して、規制緩和と耐空検査の合理化を実現したのだった。

ふわふわ1は試験飛行の名目で運用しているが、まもなく量産型が定期航路につくだろう。ふわふわを浮力材に使った飛行船は安全でメンテナンス・コストが低い。アモルファス太陽電池とガスタービン発電を併用したハイブリッド・エンジンを持つ飛行船は低速ながらきわめて低公害・低燃費で、騒音もなければ滑走路もいらない。

大衆の間にもツェッペリン飛行船の再来を待望する声が高まっていた。ふわふわ社の航空機部門はボーイング社と共同で全長二百五十メートル、有効積載量四百トンの客船の建造に着手している。並行して成層圏プラットホームの建造も始まった。高度二万メートルの成層圏に定位し、通信衛星に代わってデータ中継するシステムだ。

順調な飛行船に比べると、ふわふわを建築素材にしたビルや橋はなにかと問題が多かった。それは文字通り茨(いばら)の道で、一歩進むたびに手足を取られるのだった。

「やめちゃうか、橋は」

「こちらから国交省に持ち込んだ話ですよ？　いまさら、やっぱりできませんでしたとは言えませんよ」

「そうよなあ……」

泉は押し黙り、どんぶりの底に沈んだ麺の切れ端をぼんやり見つめた。

この発泡スチロール容器も、いずれふわふわ複合材に取って代わるのだろうか。

もしかしたらこの麺も？

ふわふわは完全に無害なので、食品に混ぜてもよさそうだ。かさを増やして低カロリー食品を作れるかもしれない。

だけど胃や腸の中にふわふわが詰まったら、ちょっとまずいか。

そういえば開発四課の連中、ふわふわを使ったふとんやベッドを作るって言ってたけど、どうなったのかな。あれは……五十ミクロンの粒子のままじゃ扱いにくいだろう。クラスター化して二、三ミリの粒にするのがいいんじゃないか……？

暗転。

ACT・2

「泉さん。そろそろ到着ですよ。泉さん」

「んああ」

泉はまた、昶に揺り起こされた。

目の前に、白い脂肪の浮いたカップ麺があった。

「お疲れですね」

「まーな。これからのスケジュールどうなってたっけ」

「ここの視察は四十分ですませます。そのあと車で焼津に移動して商工会議所の懇親会です」

「役場はいいとして、なんで商工会議所なんだ」

「新工場周辺地域の実権握ってるからです」

「昶くんじゃだめなの？」

「僕はもう七回も通いました。ようやく社長と対面するところまでこぎつけたんですから、お願いしますよ」

「そっか」

機長からのアナウンスが流れた。

『本船はまもなく第六工場に到着します。施設を一周しますので、左舷よりご覧ください』

二人は反対側の窓に寄った。

「おー、ほんとに牛乳瓶だな」

誰もが口にする印象を、泉も語った。

焼津市郊外の丘陵地にそびえ立つ、高さ五百メートルの牛乳瓶。

牛乳瓶の底と地面との間は、その規模に比べるとごく華奢（きゃしゃ）な鉄骨で連結されていた。全体がふわふわでできているため、自重はないに等しい。問題の支索は四方にハープのように張り巡らされているが、ケーブルそのものは細くて見えず、点々とついている航空標識灯でそれとわかった。

牛乳瓶の底にはふわふわの合成装置があり、牛乳瓶の口――頂上部分には飛行船発着ポートがある。瓶の大部分は粒状のふわふわを蓄える貯蔵サイロだった。三年前、保科鉄工に鎮座していた装置は灯油缶ほどのサイロを持っていたが、この最新施設は七百六十万立方メートルを蓄えることができる。飛行船による空中輸送に目処がついたために、最初から発着ポートを持っている点が新しい。

周囲を一周するうち、日時計のような影が数キロ先まで延びているのが見えた。

「あれかあ……」

泉は眉をひそめた。低周波騒音はいいとして、日照問題はすんなり決着するだろうか。

実際、この工場は太陽光を奪って稼働する。日照のある側には金色のアモルファス太陽電池フィルムが全面に張られている。好天ならふわふわ製造に必要な電力のすべてを供給できる。

電力はタダ。材料もタダ。公害も出ない。メンテナンスにはそれなりの費用がかかるが、それにしても、これほどおいしい産業がかつてあっただろうか。

周回飛行を終えたふわふわ1は、風下側から発着ポートに接近した。そこは直径百五十メートルの円盤で、中央には蜘蛛の巣状のアレスティング・ワイヤーが張り巡らしてあった。

ふわふわ1は相対高度を保ったままフックを繰り出してワイヤーをひっかけ、ウインチでワイヤーを巻き取りながら着陸した。グランドクルーが周囲をとりかこみ、アンカーラインを張って船体を完全に固定する。

泉は私室で臙脂(えんじ)色のジャケットスーツに着替え、ハイヒールに履き替えてラウンジに戻った。昇降ハッチはラウンジの左舷側にある。

タラップが連結され、パーサーがハッチを開いた。

「風が強いですから、気をつけてください」

昶がエスコートするように並び、泉の手を握った。

「いいよ」

「用心です。泉さん疲れてるみたいだから」

タラップに踏み出す。二月の寒風がどっと吹き寄せて、泉はよろめいた。

「ほら」

ポートに降り立つと、工場長がやってきてなにか怒鳴った。

挨拶したらしいが、強風でよく聞こえない。手すりをつたって階下に降りると、ようやく会話できるようになった。

「どうも寒い中をようこそいらっしゃいました。ポートは風が強くて」

「太陽電池より風力発電にしたほうがよかったかな」

「ああ、まったくです」

発着ポートの直下は、殺風景な屋内駐車場のようだった。中心にテニスコートほどの穴がある。サイロと貨物飛行船を結ぶ、ふわふわの搬出装置を納めた区画だ。

「どうぞ、お乗りください」

工場長が電動カートを示す。泉と昶は後部座席に座った。

「なにしろ広いですから。見るところはそう多くありませんが、歩いてまわると日が暮れます」

工場長がカートを発進させようとした。

そのとき、工場長の胸で着信音が鳴った。

「なんだ、こんな時に。……すみません、ちょっと失礼します」

カートを降りて数メートル歩き、携帯電話を取り出す。

「もしもし……なんだお前か。仕事中だぞ……いますぐって……」

泉は耳をそばだてた。

「……病院は……わかった。ああ、わかったから！」

工場長は通話を終え、小走りにやってきた。

「失礼しました。ええと、それでは、搬出ポートまわりから」

「なんだったの、いまの電話」

「いえ、ほんの野暮用でして」

「病院とかって単語が」

「いやなに、せがれが熱を出したとかで。家内のやつが、大げさに騒ぎまして」

工場長は苦笑してみせた。額に脂がにじんでいた。

「行ってあげなきゃ」

「いえ、前にもあったことですし」

「そーゆー態度が家庭を破壊するんだよ。ここはいいから病院行って」

「しかし」

「自分で見て回るからいいよ。それとも勝手に見られると困る場所でもあるの？」

「いえ、そんなことは決して。ただ、あちこち危険なところもありますし」

「行ってよし！　社長命令だ」

「いや、これは……どうも、すみません。すぐ代わりの者をよこしますので、ここでお待ちください」

工場長は、深々とお辞儀してエレベーターに走った。

「実直なおじさんだわ」

工場長はエレベーターの中でもぺこぺこお辞儀していた。

泉は運転席に移った。ハンドルを握り、アクセルを踏む。

「ここで待てって言ってましたよ」

「いいじゃん。先にまわってようよ。——ん？　動かないな」

「メインスイッチを入れないと。僕が運転しましょうか」

「私がやる。いっぺんやってみたかったんだ。スイッチってこれか」

カートが動き始めた。

「よしよし。いい感じだ」

差し渡し百五十メートルのフロアは、ふわふわの太い柱が林立していた。

「どこ見る？　チェックポイントは」

「搬出ポートの根元でしょうね。周縁部分に斜路があるはずです。ひとつ階下に降りて、中心付近を見て回りましょう」

「ようし。眠気覚ましにぶっとばすぞ」

泉はアクセルを踏み込んで、螺旋状の斜路に乗り入れた。

「だめですよ泉さん、もっとスピード落として！」

「平気平気。いやっほー！」

斜路からフロアに入り、柱の間を縫うようにカートを走らせる。

「スリル満点」

「そろそろですよ。泉さん、ここ手すりとかありませんから――」

「そう？　あっ」

突然目の前が開けた。

そこは貯蔵サイロのボトルネック部分で、直径十メートルの口が開いていた。

何をする間もなく、カートは空中に躍り出た。

「ややややや」

五メートルほど落下して、カートは花弁状のシャッターを突き破った。

その下は、粒子状態のふわふわがびっしり詰まっていた。

二人はカートから放り出され、ふわふわの中に転がった。

「ぐはっ、なんだなんだなんだ」

騒乱状態の鶏小屋さながらに、ふわふわが舞い散る。

十センチ先も見えない。呼吸のたびにふわふわが口に入ってくる。

「泉さん、落ち着いて！」

すぐそばで昶の声がした。姿は見えない。

体はどんどん沈んでゆく。糖蜜の中でもがいているように、つかみどころがない。

溺れる。

「暴れないで、泉さん！　動かないで！」

昶の声がした。

身動きを止めると、ふわふわの吹雪が徐々に晴れ始めた。周囲は薄暗い。

「眼鏡は正面右手、手を伸ばせば届きます」

「そうか」

泉は手探りで眼鏡をつかんだ。

視野がはっきりした。

胸より下はふわふわに埋もれていて、ギプスで固められたように動かない。

〝地面〟からは、ひっきりなしにふわふわが舞い上がり、上方に移動してゆく。バスタブの中で湯気を見ているようだ。

ふわふわの霧を通して、一メートルほど前に昶がいた。やはり胸まで埋もれていた。

いっしょに落ちたカートは見えない。

「ここっていったい……」

「ふわふわの中になんで空洞が？」

〝地面〟はおおむね半球形に窪んでいる。天井部分はかなり平たい。全体としては、直径二メートルほどの、中華まんを逆さにしたような形の空間ができている。

地面から天井へ、ひっきりなしにふわふわが移動しているのに、全体の形は変わらない。

「……そうか、泡か」

口と鼻をハンカチで覆いながら、泉は言った。

「これって気泡なんだ」

「気泡？」

「ふわふわがみっしり詰まっているサイロに、私たちは開閉シャッターを突き破って落ちたんだ。シャッターに穴があいて、ふわふわが外に漏れた。いれかわりに空気が入った」

「ええ」

「空気はふわふわより重いから、泡になって下向きに移動してるんだ」

「ははあ……」

祀も合点したようだった。

水を入れた瓶に、蜂蜜を一さじ落としたようなものだ。

「溺れる心配なんてしなくてよかったんですね。このまま泡といっしょに沈んでいけば、そのうち……」

祀は絶句し、真っ青になった。

「これまでの試験生産って、まだ二百万立方くらいなんです」

「だから？」

「このサイロで、ふわふわが溜まってるのは上三分の一くらいですよ！」

「それが終わったら……」

サイロの中は、五百メートル下のふわふわ生成装置まで、何もないがらんどうなのだ。

泉は携帯電話を取り出した。

「圏外？　なんで」

「サイロの内壁は導電性ポリマーで覆ってあるんです。静電気を逃がすために」

「くそっ。こうなったら泳いででも上に出ないと！」

二人はふわふわに腕を突き立てて、這い出ようとした。

が、逆に腕が潜るばかりだった。むしろ身動きするたびに体が沈んでゆく。砂どころか空気より軽い粒子の中にいるのだから、そうなって当然だった。完全に溺れないのは粉粒体の特性で、大きな物体ほど〝浮力〟がつくからだろう。

「だめだわ。こりゃだめだ」

体力のない泉は、早々に観念した。

「あきらめちゃだめですよ。なんとかしないと。——そうだ！」

祀はスーツを脱いで〝地面〟に敷いた。

「ふわふわが天井に移動するのを止めるんです。そうすれば沈下を押さえられるかも」

昶はベストを脱ぎ、カッターシャツも脱いでまわりに敷いた。さらに肌着も脱いだ。

「ほら、動きが止まった。泉さんも協力してください！」

「いや、しかしな」

「でもほら、見てください、泉さんのほうが早く沈んでますよ」

「あっ、あんただけ助かる気か！」

「そうじゃなくてっ！」

「目つむれ！　絶対見るな！」

泉は上着とブラウスとシュミーズを脱いでまわりに敷き詰めた。

まわりを流れていたふわふわが止まった。

しかし、敷き詰めた服は〝地面〟を完全に覆ったわけではなかった。周囲から、絶え間なくふわふわは舞い上がってゆく。

というより、空気が周囲から下方にこぼれてゆく。

こぼれた空気といれかわりに、〝天井〟がじわじわと近づいてくる。

やがて、その動きが止まった。〝泡〟が同じ形を保ったまま縮小し、〝地面〟のすべてを服が覆ったためだった。

「……なんか、二人して温泉につかってるみたいですね」

昶が言った。

「見るな」

「見てません、想像してるだけです」

「それも嫌だ」

「わかりました想像もしません」

二人は沈黙した。

しばらくして、泉は空気が濁ってきたのに気づいた。

身を屈めて〝地面〟に敷いたハンカチごしに呼吸できないか、試してみる。

だめだった。砂糖壺に頭をつっこんだようなものだ。

「ここまでか……」

昶も観念した様子だった。

泉はつぶやいた。

「ふわふわ社の社長と専務が、ふわふわに溺れて死ぬなんて」

無謀な運転をして昶を巻き込んだことには思い至らない。

「この三年、なんか間違ってるって気はしてたんだよなあ……」

「そうなんですか？ 僕は楽しかったですけど」

「努力しないで生きるはずが、連日四時間睡眠で働きまくるなんて」

「それは嬉しい誤算ってやつじゃ」

「自分専用の実験室建てて電子顕微鏡も質量分析機も、あのフィリップスのX線回折分析機も揃えたのに、ちっとも使えないし」

「優秀な人材を揃えれば、いずれそのうち悠々自適の生活ができると思いますけど」

「いまだってそうなんだよ。こっちから声かけなくたって、世界中から超一流の人材が集まってきてるんだから」

だが、泉はふわふわ社のシンボルだった。

設立当初、女子高生社長&発明家として、あまりに騒がれすぎた。保科清五郎の目算どおりに看板をつとめたわけだが、それが泉を社長の椅子に拘束することになった。

ふわふわの応用製品は、なにかと巨大なものが多い。巨大でなければふわふわの真価が発揮できないのだが、そのせいで様々な軋轢が生まれている。

海も空も、さまざまな権利と規制でがんじがらめにされていた。そこへふわふわを持ち込もうとするたび、泉はさまざまな権力者や役人のもとに出向き、折衝するはめになった。

ふわふわこそは人間を大地から切り離し、気体分子のように自由にしてくれると思ったのに。

まあ自分はやるだけやった。

少なくともこの三年、退屈はしなかった。

あとは優秀な社員がなんとかしてくれるだろう……。

目を閉じて、混濁してきた意識で、そんな思いにふけっていると。

「光が……ほら！」

昶の声がした。

お前は、二酸化炭素でハイになる体質か？

そう思いながら薄目を開けると、暗い天井の向こうで、おぼろげに光の塊がうごめいていた。

光はしだいに強くなる。

やがて現れたのは、黒いウェットスーツの足だった。

スキューバダイビングの装備一式を身につけた男が、泡の中に降りてきた。

腰のカラビナに通したザイルが、天井にのびている。

強力なライトがこちらを照らした。

「社長！　専務！　ご無事でしたか！」

男は予備のマウスピースを差し出した。

「これをくわえて、私のベルトにつかまってください」

新鮮な空気が肺に満ちた。一気に思考力が回復した。

たっぷり深呼吸したあとで、泉はいったんマウスピースを外して言った。

「こんな装備があるわけ？　この工場は」

「上から物を落とすことがたまにありまして、こうやって取りに来るんです。もう少し下に防護ネットもありますし」

なんだ、そうだったのか。

「現場の知恵ってやつか。さすが日本の技術者」

「いや、大騒ぎでしたよ。工場長の代わりの者が案内に上がったんですが、カートもろとも消えていて、電話も通じないんで途方に暮れてたんです。そしたら搬出ポートでふわふわ漏出のアラームが鳴って、駆けつけてみたらシャッターに大穴があいていて」

「自分で運転してて、ちょっとハンドルを切り損ねたんだ。いや失敗失敗」

「とにかくご無事で何よりでした」

男がトランシーバーで指示すると、三人の体は力強く引き上げられた。

ACT・3

病院からとんできた工場長は「すべて私の責任です！」と切腹せんばかりに平身低頭するので、なだめるのに一時間を要した。

どうにか視察を終え、低周波騒音の対策を指示すると、泉と昶はタクシーを呼んで焼津市街の料亭に向かった。旧街道ぞいのひなびた一角で、タクシーは止まった。狭い門をくぐり、日本庭園の見える回廊を進んだ先の座敷に通される。

相手はまだ来ていなかった。

下座のざぶとんに座る。

「泉さん」

「うん？」

「泉さんこういうの嫌いでしょうけど、接待ですから、そつなくお願いしますね」

「努力はしてみるつもりだが」

「スマイル０円でお願いしますよ」

「なんだそれは」

「愛想よくってことです」

「相手によるが」

「相手はまあ、とっとと絶滅してほしい種族です。でもうわべだけでいいですから」

足音が近づいてきて、仲居が障子を開けた。

「おみえになりました」

入ってきたのは、紋付き袴姿の老人と、黒い背広を着た五十代の男だった。

とたんに煙草の脂とナフタリンの臭いがたちこめた。

焼津商工会議所のトップだ。

「これは会長に事務総長、ご多忙の中、御足労おかけしまして……」

昶は、さっき工場長がしていたように平身低頭して二人を迎えた。

泉も頭を下げた。

顔を上げると、二人の男はじろじろこちらを見ていた。

「社長の浅倉でございます」

昶が紹介した。

「浅倉です。よろしくお願いします」

「ほうほうほう。あんたが女子高生社長の」

年かさのほう——会長が相好を崩した。

「いえ、もう高校は卒業しました」

「さすが社長さん、こりゃ物言いがはっきりしてますなあ」

事務総長が言った。

突き出しと酒が運ばれてきた。

昶がさっと腰を上げて会長に酌をした。

「いやいや、ここはやっぱりですなあ……」

事務総長がにやにや笑いながら言葉を濁した。

「これは気が利きませんで。社長」

昶が徳利を差し出す。

「私、飲めないから」

「そうじゃなくて」

酌をせいと言うのか。

泉は切れかかったが、昶の懸命な表情を見てこらえた。

試験管に硫酸を注ぐつもりでやろう。泉はそう自分に言い聞かせた。

本能的に徳利を回してラベルを探した。薬品を注ぐときはラベルを上にするのだが――

あるわけない。

ぎこちなく、会長の杯に酒を注ぐ。

老人は目を細めて杯をあおった。それから突き出しの海胆のあえものを口に運び、くっちゃくっちゃと舌鼓を打った。

それからこう言った。

「おたくさんのあれ、従業員が三十人しかおらんとは、あれですなあ」

「省力化につとめてますので」

「どっからでも見える、日本一の高層ビルが建って、こりゃいい街のシンボルになるわいと思っていたら、まあ煙突みたいなもんだ」

事務総長がわっはっはと笑った。こいつは太鼓持ちか。

昶が袖を引き、目配せする。

泉はまた酒を注いだ。

「下請けもないわなあ。なにしろあんたら、空気が原料で電気はソーラーだっていう。わしらになにがあるかといやあ、まあ日陰になって夏は涼しい――」

会長は言葉を切って海胆を口にほうりこみ、

「てなもんだ」

口に食べ物を入れたまま、そう言った。

さざえの壺焼きと鯛の刺身が運ばれてきた。

お銚子二本、と昶が注文する。

「まあその、あれで結構敷地が広いものですから」

泉が黙っているので、昶がかわりに言った。工場の周辺は、支索を張るために半径三百メートルほどの土地を十字型に確保している。

「そこを公園にして、行事にでも使っていただければとも思いますが」

「公園かあ。公園なあ。公園じゃどうもねえ……」

追加の酒が運ばれてきた。

昶が話すなら自分は酌に専念するか、と思いながら、泉は酒を二人に注いだ。

酒がまわり、昶が懸命にもてなすうち、会長と事務総長はできあがってきた。幇間の立場にあるはずの事務総長は、ときどき黄色い歯をむきだしにして、

「けけけけけ」

と笑う。

「お姉さん、もうお酒いいんだろ。なあ」

こちらに徳利を差し出す。

「いえ、体質的に飲めませんから」

「わしらばっかり飲んでそっちが素面ってえのはあれだよ、なあ、あれら。ほら専務のお兄ちゃんだって飲んどる」

「奈良漬けでも酔う体質ですので」

「じゃあさあ、じゃあさあ、かわりにさあ、眼鏡とってみせてよ」

「は？」

「こうしてみるとさあ、あんたなかなか美人だよねえ。その眼鏡とったらさ、もっとキレイかなあ、なんてお父さん思っちゃうんだなあ。けけけけけ」

泉は右手を自分の膳の下に入れ、すくい上げるように持ち上げた。

いったん蕎麦屋の出前の姿勢をとり、それから空中で膳を九十度前傾させ、事務総長の

顔面に叩きつけた。

吸い物と醬油が四散した。

それから皿や小鉢や椀や箸が胸、腹、膳へと雪崩落ち、破壊音を立てた。

空気が凍りついた。

二人の男は、目を真円にして口をぱくぱくさせていた。

「いっ……泉さん……」

「限界だ。帰るぞ」

泉は立ち上がり、障子を開けはなった。

事務総長にかがみ込む昶を、泉は力任せに引っ張った。

「あんたも来るんだ。もうこいつらはいい」

昶をひきずって料亭を出て、待機していたタクシーに乗る。

「ふわふわ第六工場へ」

「はい」

走り出した車の中で、昶はさめざめと泣いていた。

「泉さん……まさかほんとにこうなるとは。とほほほほ」

「タイミングが良すぎたんだ」

「タイミングって」

「さっき死にかけたろ」

あれでもう、怖いものなんかなくなった。

「それで僕が半年がかりでまとめた話を蹴散らすわけですか」

「第六工場は海外移転する」

「そんな、ここまできて」

「サイロにふわふわを充塡すれば、あれは空を飛べるんだ。プロペラつけて、どっか南のほうの無人島に持ってく。もうこんな場所はごめんだ」

「ああああ……」


もとより海外進出は計画されていたし、きっかけはどうでもよかった。

意外にも、それからの話はトントン拍子に進んだ。

二か月後、四機の大型ヘリコプターを固定した第六工場は、インドネシアに向けて飛び立ったのだった。

第三章　アウトサイダーズ

ACT・1

その日、ふわふわ1の社長室で、泉はため息をついていた。

九州沖縄連絡橋——その試験段階としての鹿児島・種子島ルートが、着工する羽目になりそうなのだ。

種子島沿岸の珊瑚礁への影響は、優秀な技術者がかなり有効な解決策を考案してしまい、さらに昶が裏工作したのか、環境団体をなだめてしまった。

岸から二十キロもの区間を支索なしで支えるなんて、本当にできるんだろうか。

橋を翼とみなし、動翼と水中翼を使ってアクティブに制御する。暴風雨の中でも安定するし、駆動力は暴風雨そのものから取り出す——と技術者は保証するのだが。

これで橋が吹き飛んだら社長のオレはどうなるよ？

台風が九州に接近するたびに眠れなくなるじゃないか。

「はやいとこ社長の椅子を誰かにゆずらないとなあ……」

「なんですって」

昶が入ってきた。例によってきっちりとビジネススーツを着込んでいる。

「昶くん、社長の椅子あげようか？」

「無理無理。僕はそんな器じゃありませんよ」

「あっさり引くな」

「我が社の先頭に立てるのは泉さんしかいませんて」

「なんでこうなるかな」

「キャラ的に」

「よくわからんな」

「いわく言い難いあらゆる要素が、社長は泉さんしかあり得ないと語っています」

泉はため息をついた。

「それで。持ってきたのはいい知らせ？　それとも悪い知らせ？」

「悪い知らせと、どっちとも言えない知らせがあります」

「悪いほうから」

「先週、キャセイ航空機が関空に緊急着陸した事件をご記憶ですか。台北から成田に向かっていたのが」

「ああ、いちおう」

「飛行中、エンジン一基の出力が急激に落ちたんです。検査してみると、タービンブレードが異常に磨耗していた」

泉は顔をしかめた。だいたい先が読めた気がした。

ふわふわの大気汚染は以前から指摘されていたことだ。なにかの拍子に空にこぼれたふわふわの破片は、高度八千メートルから一万メートルの領域で層をなす。ときにはコーヒーに注いだミルクのように細長いプリュームとなって、何百キロもたなびく。これは空のゴミ、空中デブリと呼ばれていた。

そこへ航空機が突っ込むと、場合によっては大量のふわふわをエンジンに吸い込むことになる。総比重はその場の空気に等しいから、運動力学的な衝突としてはどうということはない。しかしダイヤモンドより硬い立方晶窒化炭素が大量にタービンを通過すると、無事ではすまない。

「起きるべくして起きたか。どうしよ」

「キャセイ機に先を越されましたが、対策はもう実施段階まで来てます」

「へえ、そうなの?」

「些末なことで社長をわずらわせちゃいけないと思って、僕の一存で」

「よしよし。で、どうするの」

「移動体通信ネットワークに使う成層圏プラットホーム、あれに高性能のカメラを積みまして、空中デブリを常時サーチするんです。それを航空機に知らせるとともに、デブリ回収用の飛行船を派遣するシステムです」

「航空機用の気象情報に盛り込めばいいわけか」

「そうです。テスト中のライダーは、直径十センチのデブリでも発見できます」

「ライダー？」

「レーザー・レーダーです。粒状のふわふわでも、プリュームになったものなら楽勝で検出できます」

「よし。そのプロジェクトは優先度特Aにランクアップしよう。成層圏プラットホーム網の完成を待たずに、手持ちの飛行船にそのカメラを積んで当座をしのぐ。主要な航空路にそってだ」

「わかりました」

「記者会見はあんたが出ること」

「いや、これは社長が出なきゃ」

「あんたが進めたプロジェクトでしょ。あんたの顔も売ったほうがいい。これは社長命令だ」

「はあ……」

昶は気乗りしない様子だった。フィクサーぽい仕事のほうが好みなことは泉も承知していたが、若いのにそんな火遊びをさせておけば、いずれ大火傷するだろう。

「もういっこの知らせは」

「例の、空中コミューンのことです」

「ああ、あれか……」


三年前、ふわふわケーキの個人販売が始まった直後から、その動きは始まっていた。ハワイ在住のソフトウェアエンジニア、クラウス・ポルベリニなる男が、二千立方メートルのふわふわを購入して、空飛ぶ家を作った。はじめのうちはコナの町外れに係留していたのだが、やがてロープを断ち切り、貿易風に乗って北米大陸をめざした。

クラウスの空飛ぶ家はメキシコの領空をまたぎ、フロリダ半島にさしかかった。

そこでジェニファー・ラッセルの家と合流した。

二人は結婚し、毎晩セックスした。十か月後、インド洋上空で最初の娘が生まれた。

その頃には各国から仲間が集まり、空飛ぶ家々は互いを連結して、直径およそ三百メートル、七十人の集落を形成していた。水耕農園と養鶏場ができ、不完全ながら食料の自給もできた。必要な物資は小型飛行船で地上に降りて買い出したり、配達させることもできた。

インターネットを通して、クラウスはいまもソフトウェアの仕事を続けており、ハワイの銀行口座に定収入があった。

コミューン内には芸術家も多かった。音楽家や詩人は自分の創作物をネットで配信して収入を得た。画家や彫刻家は行く先々で地上に降りて作品を売った。ヘリコプターや飛行船で作品を買い付けに来る業者もいた。

クラウスの空中コミューンは、ある国の領空を通過するとき無線で通知するが、国際航空法を厳密に遵守しているとはいえなかった。

飛行住居はいわばスクラップの寄せ集めだった。航空法では気球は浮遊物として扱われるが、耐空証明を得ていない飛行船も多く連結されている。ふわふわを使用した航空機には規制緩和の動きがあるので、どうにか黙認されている程度だった。

代表者はクラウスだが、各国の飛行船が集まっているので国籍があいまいなこともある。また、当人たちは否定しているが、夜陰に乗じて着陸し、盗みをはたらくという噂もあった。

自由な空中生活の前例を作るために、故意に法的なグレーゾーンを渡っているともいう。もっとも紛争地域など、取り締まりの厳重な飛行禁止区域は避けて通る。

ふわふわ社はこの空中コミューンに無干渉を貫いてきた。客がそれをどう使おうと知ったことではない。

それは泉のモットーでもあった。溶液中の分子のように、ほうっておけばそのうちあるべきところに落ち着くだろうと考えていた。

「で、その空中コミューンがどうしたわけ？」

「彼らはもっぱら低緯度帯を放浪してるんですが、どうも舵取りを誤ったらしくて」

「舵取りなんかできるの？」

「気球と同じですよ。浮力調節はできますから、高度によって異なる風をつかまえれば、ある程度ルートを選べるんです」

「なるほどね」

ネットで取り出せる気象情報は年々高度化しているから、そういう芸当もできるのだろう。ふわふわを使った大型気球は周囲の空気を液化してバラストにするので、電力がある限り浮力を調節できる。

「ところがこないだ発生した南シナ海の低気圧に巻き込まれる形で、フィリピン東方を北上しています」

「いいじゃん、別に悪さはしないんでしょ。自衛隊機が撃ち落とすとでも？」

「海上保安庁がパトロール機を出すかもしれませんが、その程度のことです。ただ、日本のスカイサイクラーが何人か、コミューン入りするかもしれません」

「ふーん……」

スカイサイクルは国内でもすでに一万機以上が売れている。社にとっては喜ばしいことだが、高圧線や鉄道架線に接触する事故が頻発して社会問題になりつつある。国交省は規制強化に動き出し、スカイサイクラーたちは自己責任を訴えて論議が続いている。

「こんな窮屈な国、逃げ出したくもなるわなあ……」

「まあ、うちに火の粉がかからなきゃいいな、ってとこなんですが」

泉はぼんやり宙をみつめていた。

旧保科鉄工の工場でふわふわの量産を始めた三年前。

スカイサイクルの試作機に初めて乗ったときの感激は忘れられない。それは単純な直径六メートルの気球で、自転車を改造したメカニズムでプロペラを回すものだった。プロペラの向きを変えることで前後にも上下にも動けた。

空気の静かな夜明け前、河川敷から舞い上がった。寒さに凍えながら、朝日が街を金色に染めてゆく様子を眺めた。

ふわふわが人を自由にしてくれる、と思った。

あの頃は、スカイサイクルさえ作れればいいと思っていた。

巨大なビルや橋に応用するなんて考えなかった。

あの試作一号機は、お台場のショールームに展示してある。

いまではふわふわ1が第二の家になっているが、あの時の開放感は味わえない。

「会いに行くかな」

泉はぽつりとつぶやいた。

「会うって、誰にですか」

「コミューンの連中に」

「干渉しないほうがいいですよ」

「ちょっと様子を見るだけだよ。ふわふわ1を横付けしてさ。何もあげないし」

昶は渋い顔になった。

「彼らは無法者なんですよ？　支援するなんて論外ですが、何もしないで帰ってくるってのも、どうですかねえ」

「取り締まりは国の仕事じゃん。こっちは一民間企業として視察するだけ」

「そう簡単に割り切れるもんじゃ――」

「行くんだ。行くったら行く」

泉は断固として言った。

「もう決めたから」

ACT・2

宮古島の南東、東経一二七度、北緯二二度。高度千二百メートル。

百メートルほど下方に小さな積雲が散らばり、彼方まで連なっている。紺碧の海面には白い波頭が砕けていた。風はかなりあるようだが、ふわふわ1の船体はほとんど揺れない。

泉は黄色い不燃繊維のフライトスーツを着込んで、コクピットに上がった。

二人の操縦士の後ろに立って、ランデヴーの時を待つ。

「そろそろ見えてもいい頃ですが」

機長がサングラスを取り、双眼鏡で前方を眺めた。

「ああ、あれか。いわく言い難いフォルムだなあ……」

機長が振り返り、双眼鏡を差し出した。

「ご覧になりますか」

「うん」

「前方やや左、ちょうど目の高さです」

「えーと……えっ、これか？」

レンズのごみかと思った。

大小さまざまな、サーカス小屋の集合体。

あるいはもつれあったカツオノエボシの群みたいだ。

「空の流木ってとこですか。よくやるなあ」

機長があきれ顔で言った。

「あれで悪天候を乗り切るかと思うと、身の毛がよだちますよ」

空中コミューンを堅気のパイロットがどう思うか、それを聞くつもりで泉はコクピットを訪れたのだった。沢木機長は四十六歳になる、ヘリウム飛行船時代からのベテランパイロットだった。

「低気圧は中心に向かって風が吹きますから、早めに見切って迂回しないと吸い込まれます。もちろん、実際の低気圧は天気図にあるような単純なものじゃありませんし、高度によって風向も違います。巻き込まれたらおしまいってわけじゃないんですが、いつでも回避できるとも限りません」

「でも気球って風といっしょに動くから、相対的には無風状態なんでしょ？」

「多くの場合はそうですが、乱気流（タービュランス）の中ではメートル単位で気流が変わりますから」

「そうか」

「彼らは気球乗りとしては相当な腕利きです。決してすべて風まかせに漂っているんじゃないですよ。周囲の気象をメソスケールで把握して風を選んでいる。二十四時間交代制でワッチしてるんでしょう」

「だけど今回はミスったと」

「ミスというか、風まかせの部分もあるんです。いつでも望みの風が選べるわけじゃありませんから」

それから機長は少し首を傾げた。

「もしかしたら故意かもしれませんが……」

「故意？」

「中国に対するアピールです」

「中国？」

「不定期の民間航空は国際民間航空条約で保護されていて、条件を満たしている限り、事前の申し込みなしで領空を通過できるんです。中国も加盟国なんですが、北緯二八度以北の飛行を認めていません」

「それは条約違反にはならないの？」

「ちょっと灰色です。そういう制限はつけられるんですが、その場合、自国の定期国際航空機も同じ扱いにしなくてはなりません。それが守られているかどうか」

中国の広大な飛行禁止区域は、北半球中緯度帯に巨大な壁を作っていた。空中コミューンをはじめとする冒険飛行家にとって、これが最大のネックになっているという。

「一筋縄じゃいかない国だもんねえ」

「そうなんですよ」

ふわふわ社は中国にも工場を出しているが、唖然とするような要求を何度もつきつけられたものだった。以来、中国とのネゴシエーションは可能な限り昶にまかせている。

飛行禁止区域の縮小についても、中国はごね得を狙っているのだろうか。本来なら一銭の得にもならない空中コミューンを、外交交渉の材料に活用するとか？

「コミューンは中国周辺を飛ぶことで、世論を喚起する気なのかな？」

「そういう読みもできますね。あるいは中国人がコミューンに加わるのを期待しているのか。北半球の中緯度帯の壁がなくなれば、行動半径はぐんと広がりますし。ただ、チベット高原のあたりはもともと地形的な壁になってますし、うっかり北へ行くと、着氷がなあ……」

低緯度にとどまっていればいいのに、という口振りだった。

北緯二八度はちょうどヒマラヤ山脈が始まるあたりで、ここから天山山脈に連なる弧状の高地は、中国が何も言わなくても天然の壁を形作っている。ふわふわの浮力が大気と均衡する高度は一万メートルだが、実用上はその半分くらいだ。

機長は無線のスイッチを入れた。

「こちらふわふわ1、〝クラウスのコミューン〟応答願う。貴船を視認している」

『クラウスだ。村をあげて歓迎するよ、ふわふわ1』

「了解。移乗はどうすればいいか、クラウス」

『村の真上につけて、スリングで降りてくれ。手を振るからすぐわかるだろう』


二十分後、ふわふわ1はクラウスの率いる空中コミューンの直上に停止した。ガスタービン発電を止め、ソーラーパネルの電力だけで駆動しているが、気流が安定しているのでほとんど負荷はかからない。

眼下は東南アジアの水上マーケットを思わせる眺めだった。

ざっと数えただけでも二十数個の気球や飛行船が肩を寄せ合うように連結され、全体としては空飛ぶ絨毯のように平たくひろがっている。

生活圏は絨毯の表と裏の両面にあった。それぞれの拠点は吊り橋で網の目のように結ばれている。上面も無駄なく利用されていた。在来型の気球では気嚢にあたる部分だが、ふわふわケーキを浮力材に使ったものは、重心を崩さない限り土地として利用できる。そこには太陽電池や温室、物干し台やテラスやサンルームが作られ、素っ裸で寝そべる姿も見えた。

幟や横断幕は至るところにあった。「ラブ&ピース」「空に国境はない」「ふわふわ生活バンザイ」「俺たちを無視しろ」「ロブのアトリエ」「アイ・ラブ・Linux」「カンパは下記口座へ」「空はこの子の故郷です（顔写真）」「作曲家ジュゼッペ・ツェルソー演奏会はこのURLで」等々。

　昶がやってきた。

「やっぱり僕も行きますよ。こんな混沌としたところへ泉さん一人で行かせるのはちょっと――」

「平気だって。あんた陰謀家って評判なんだから、相手も警戒するでしょ」

「そうかなあ」

「ああいう人たちは、そういうの敏感だよ」

「英語大丈夫ですか」

「特訓してるってば。これでも国際企業の社長なんだから」

　泉は貨物室に移動した。パーサーがスリングを用意して待っていた。ハーネスを体に通し、カラビナを確認する。

　床のハッチが開かれた。数メートル下にヘリポートのような平坦地が見えた。そう広くないのに、十数人がつめかけている。胴上げみたいだな、と泉は思った。

「いいよ。降ろして」

　ウインチからケーブルが繰り出される。泉は住人の一人に抱きかかえられるようにして着地した。

その男は黒い顎髭をたっぷりとたくわえていた。髪は短く刈り込んでいるが、額に巻いたバンダナは一九六〇年代のヒッピーを思わせた。Tシャツには「I❤FuwaFuwa」のロゴがある。

大きな手が握手を求めてきた。

「クラウスだ。コミューンへようこそ」

「浅倉泉です」

「みんなを代表して言いたい。君に感謝してる。ふわふわが僕らの世界と新しい人生を作ったんだ。どうか存分に見ていってくれ」

「うん」

「まず僕の家に来るかい？」

「ええ」

他の住人たちと握手をかわしてから、泉はクラウスの後に続いた。

あたりは驚くほど静かだった。凪（なぎ）の帆船のように、索具類のこすれる音だけがのどかに響いている。

ロープと板でできた階段を降りて、空中コミューンの下側に向かう。

クラウスがときどき振り返る。気取（けど）られないようにつとめたが、なかなかにスリリングだった。踏み板の隙間から、海と雲が素通しだった。

いくつもの吊り橋を渡り継いで、クラウスのキャビンにたどり着いた。

キャビンは帽子の箱のような形で、周囲にぐるりとポーチがめぐらせてあった。モンゴルフィエ兄弟の気球のようだ。壁も床も厚ぼったいふわふわ素材でできている。

ポーチの外壁にはプランターが吊され、紅や黄色のプリムラが花をつけていた。髪の長い女性が内側からじょうろで水を差している。

「妻のジェニファーだ」

「はじめまして。浅倉泉です」

「きれいに咲いたでしょう？　ここはほとんど日陰だけど、海からの照り返しがあるからちょうどいいの」

ジェニファーは昔からの知り合いのように、前置きなしで身のまわりのことを話した。

ポーチには洗濯物と、腹を開いた魚がたくさん干してあった。大小の箱が積み上げられ、ネットで押さえてある。

クラウスは玄関にあたるドアを開けた。ドアの上にはツーバイフォーの板材が掲げてあり、「クラウス&ジェニファー」と彫刻してあった。

「この板はぼくらが出会った記念品なんだ」

クラウスは嬉しげにその逸話を語った。

二つの家が空中でドッキングしたとき、ジェニファーはこの板を渡してこちらにやってきた。そしていきなり「私と結婚しない？」と言った。クラウスはジェニファーの化粧気のない笑顔が気に入り、その場で「そうしよう」と答えた。

クラウスが話す間、ジェニファーは黙って花の世話をしていた。

結婚は電撃的だったのに、静かな人だな、と泉は思った。空中生活がそうさせたのだろうか。

円形の室内には、ダブルベッドとテーブル、チェスト、流し台、食器棚などが詰め込まれていて、かなり窮屈だった。テーブルにはノートパソコンと無線機があり、どちらも電源が入っていた。画面には雲画像と天気図が表示されている。電源は太陽電池とバッテリー、必要に応じてディーゼル発電機をまわすという。

キャビンは二階建てらしく、壁際に天井への梯子（はしご）が固定してあった。

残された壁面には油絵が飾ってある。雲海が描かれていた。

ジェニファーはベッドに、泉はふわふわで一体成形されたカウチに腰掛けた。

クラウスは流し台の脇にあったポットに魔法瓶の湯を注いだ。ジャスミン茶の香りがたちこめた。

「窓の外は雲海。どうだい、悪くない暮らしだろう」

「眺めはすてきだけど、まだよくわからないな。いろいろ大変なんでしょう？」

「悪天候のときはね。このあたりでは凍結の心配はないが、うっかりすると水がたまるんだ。水は怖いよ。どの家も雨水はすぐ流れ落ちるようにできてるんだが、樋が詰まったり、全体がちょっと傾いたりしているとうまく流れないことがある。するとコーナー部分なんかに水が溜まるんだ」

「でしょうね。ビルや橋でもそうです」

「すると気球はますます傾き、重くなる。ついには村全体を引きずりおろそうとする。悪天候の中で立て直すのは大変さ」

「天候や進路は交代で見張ってるの?」

クラウスはうなずいた。

「できれば規則なんかなくしたいんだけどね。ヒッピーの共同農場のようにはいかない。熱気球より格段に容易になったとはいえ、空にとどまり続けるのは苦労の連続だ。でもやりがいはある」

「楽しくてやってるわけじゃないんだ」

「もちろん楽しみもあるさ。だけどこの飛行はデモ行進でもある。人種や国境にとらわれないライフスタイルを示すためにね」

「生活は欠乏だらけだけど、空の暮らしは感性を豊かにしてくれるわ」

ジェニファーが言った。

「ここで多くの芸術が生まれているの。絵や彫刻や音楽や詩とかね。一部の人たちは、空で暮らすことを人間の驕り(おご)だと考えたけれど、そうじゃなかった。雲や風と一体になることで敬虔(けいけん)な気持ちになれるの」

「ふうん……」

大体、予想どおりの会話だった。こうしたことは彼らのウェブサイトにも掲げられている。しかしジェニファーの静かな暮らしぶりは、会ってみなければわからなかった。この人は求めている生き方をみつけたんだな、と思った。

これはありふれた質問(FAQ)だろうかと思いながら、泉は尋ねた。

「病気になったら？」

「残念ながら医者はいないんだ。たいていは備え付けの薬と器具でなんとかなるんだが、そうでないときは飛行船で最寄りの土地に運ぶよ。盲腸については切除してから参加するように勧めている」

「コミューン内でいざこざはある？　意見が合わないとか、恋人を取り合うとか、不倫するとか」

二人は少し笑った。

「あるよ。多くは和解するが、我慢できなくなった者は別の風に乗る」

「村を離れるってこと？」

「そう。それは悪いことじゃない。なにより大切なのは人それぞれの違いを尊重することなんだ」

「そうだよね」

泉は個人主義者に出会ったとき必ず感じる、くつろいだ気分を味わった。

自分も変わり者として生きてきた。人にどう見られているかを知りながら、無頓着を貫いてきた。

高校時代は白衣のマッドサイエンティストとして。それから女子高生社長として。

そうやって自分のスタイルを構築することで、できるだけ生きやすいように立ち回ってきた。

「中国の飛行禁止区域についてはどう考える？　もし領空侵犯をしたら――」

「領空侵犯というのは軍用機のすることだよ。僕らの権利は国際民間航空条約で保障されてるんだ」

「ああ、そうだったね」

「中国が空を解放してくれれば、地球最大の大陸を自由に行き来できるようになる。それは素晴らしい眺めにちがいないし、多くの仲間を集められると思うよ」

「でも緯度が高くなると着氷とかの危険があるんじゃ」

「そう。それにヒマラヤやチベット高原は現在の我々の上昇限度を越えている。しかし十分な余剰浮力と耐寒・与圧装備があれば横断は可能だし、そうする価値はあるだろう」

「中国はなんで二八度以北を開放しないんだと思う？」

　クラウスは肩をすくめた。

「安全保障か、駆け引きか。とりあえず『没有(メイヨー)』と言ってみるのが文化の一部なのか。あの国はわからないね」

「安全保障ってのはあるかもね。この空中コミューンなら重爆撃機並の搭載量があるでしょ。仮定の話だけど」

「都市や軍事拠点の上空では、そんな心配をするのも理解できる。だけど北緯二八度以上のすべてから閉め出す必要があるかい」

「離れた場所からヘリコプターや降下部隊が侵攻するかも。軍事行動でなくても、スカイサイクルで泥棒するのだっているし」

　ジェニファーは会話に加わるのをやめ、退屈そうにしている。

　クラウスも少し飽きてきたようだった。

「猜疑心(さいぎしん)にかられたらどんな悪いことでも想像できるさ。国境の外からミサイルを撃ち込むことだってね。僕らが示そうとしているのは、いくらかの不安とひきかえにもっといいことが始められるってことだよ。それはどんな国の人でも参加できる。それが空に国境はないというメッセージなんだ」

泉はうなずいた。人々が和合すること、信じあうことは素晴らしい。

クラウスは理想主義に酔う坊やだろうか。あるいは知略に長(た)けているのか。

まだわからない。

「お茶をごちそうさま」

泉は立ち上がった。

「勝手にぶらぶら回っていいかな」

「自由にやってくれ。足元にはくれぐれも気をつけて」

泉は来たときとは別の、傾斜した長い吊り橋を渡って日向(ひなた)側に出た。

目の前に漁網かなにかでこしらえた気球がそびえていた。中身は大小さまざまなふわふわのブロックだ。空中デブリを集めたらしい。

上空に待機するふわふわ1に比べるとなんとも不格好だが、手作りの素朴な味わいがあって、泉は微笑ましく思った。この程度の工作でも空が飛べるんだという事実を再認識させてくれる。

少し先に、ふわふわの円材を筏(いかだ)のように並べて作った土地があった。広さはテニスコートくらい。あの円材は建築用の規格品だ。傷物を安く入手したのだろうか。

土地にはいびつなビニールハウスが建ててあった。

渡り廊下をたどって、泉はビニールハウスに入った。

「ハイ、こんにちわ」

褐色の肌の女性が白い歯を見せて出迎えた。

「ふわふわの泉さん。あれ、すごくきれいね」

上空のふわふわ1を指して、片言の英語で言う。泉にはクラウスの英語より聞き取りやすかった。

彼女はヤニといい、スマトラ島の出身だった。貧しい中でどうにか自分の体重を支えられるふわふわを手に入れて、近くを通りかかったコミューンに参加した。浮力調節装置を持っていなかったので、上昇するときはバラストの石を捨て、降下するときは山刀でふわふわを削った。それでもなかなか接近できず、最後はコミューンのスカイサイクルに曳航してもらったという。

「ここではすぐに仲良くなれた？」

「そう。何も持ってなかったけど、すぐ仲間になれた。そして畑を作った。私、これ、じょうず」

地面を指さしてにっこり笑う。

土壌はほんの数センチの深さしかなかった。その下はスポンジ状で、水を含ませるらしい。栽培作物は瓜、茄子、キャベツなど。深い土がないので根菜類は難しいが、玉葱の栽培には目処（めど）が立っているという。

「肥料とかは?」

「みんなのゴミをもらう。それを積んで、風をまぜる」

「堆肥ね」

「そうそう、堆肥」

「このコミューンはいつもこれくらいの高度を飛ぶの?」

「そう」

「だったら、別に寒くないのになんでビニールハウスにするの?」

「肥料、雨で流れるをやめるため」

泉はうなずいた。ささやかな菜園だが、ここまでくるのに相当な試行錯誤があったのだろう。

「作った野菜は物々交換する? それとも売るの?」

「前のほう。かわりに缶詰や薫製(くんせい)をもらう。そう、あそこのマーリクさん」

気球のひとつを指した。

「マーリクさんはとても缶詰持っている。お金ある。ヘリコプターで運ばせる」

「マーリクさんは何してる人?」

「絵を描く。缶詰おろして絵を積む」

泉はそちらを訪ねてみることにした。

画家のアトリエは逆円錐形の気球の平坦な屋上にあった。気球はイタリアのメーカー製で、ドーム型のペントハウスも純正オプション・パーツだった。

泉は橋を渡ってペントハウスに近づいた。明かり取りの窓が開いていて、室内は明るかった。

初老の男が一人、イーゼルに向かっていた。

泉はプレキシグラスの窓を軽く叩いた。男は絵筆を置き、怒ったような顔で部屋の反対側を指さした。そちらにドアがあった。

自分でドアを開くと、ぷんとオイルが臭った。とっさに高校の美術室を思い出して、懐かしい気がした。

「お邪魔だったでしょうか」

「どうしてだ。歓迎しないわけないだろう？」

泉はほっとして、アトリエに入った。円形の部屋を取り囲むように低いテーブルがあり、さまざまな画材やスケッチが積んであった。床の中央には丸い蓋のようなものがある。下方のキャビンに通じるマンホールがあるのだろう。

アショク・マーリクは褐色の肌に黒髪、瞳はマスカット・グリーンだった。

カシミール地方の出身だと言った。表情は欧米人のようにわかりやすくないが、言葉遣いや物腰は洗練されていた。

「故郷を出たのはもう二十年も前だ。これは紛争が激しくなる前に描いたものだ。家はダル湖のほとりにあった」

マーリクは壁の絵を指して言った。

岸辺に色とりどりの野菜や果物を乗せたカヌーが並び、商(あきな)いする人々の様子が活写されていた。馥郁(ふくいく)とした空気の香りまで伝わってくるようだ。

「印象派の絵は誰でも楽しめるんだ」

自嘲するように語る。

「私の絵はヨーロッパで売れたので、そちらに引っ越したんだ。ほうぼう渡り歩いたよ。ここに来るまではイタリアにいた」

「なぜコミューンに？」

「引っ越すのが好きなのさ。それは主題の選択でもあるね。その土地のことはそこに住んでみないとわからない。次にどこに住もうかと思ったとき、空があるじゃないかとひらめいたんだ」

「題材に不自由しませんか」

「どうして？　毎日描ききれないほどの見事な光景に出会うよ」

マーリクは制作中の絵をこちらに向けた。早朝の雲海が描かれていた。雲の縁が金色に光って美しい。

「でも空からの眺めはじっとしていてくれないでしょう」

画家は笑った。

「モネは蒸気機関車のスチームや沈みゆく夕日をどうやって描いたんだろうね？」

「あは」

「三時間ほどじっとしていてくれるなら、君を描きたいんだが」

画家はそう言った。

著名な画家らしいから、これは魅力的な申し出だ。泉は時計を見た。

「光栄ですが、あまり時間がないんです」

「そこに掛けて。五分でデッサンしよう」

言われるまま、シェーカー調の椅子に腰掛ける。マーリク氏はキャンバスをおろし、スケッチブックを開いてイーゼルに置いた。素早く鉛筆を走らせる。

「ヤニさんに聞いてきたんです。野菜とあなたの缶詰を交換するって」

「彼女の作物はみんなに喜ばれてるよ。ここでは南極並に新鮮な野菜が貴重でね」

「ヘリコプターはどこから？」

「こちらの場所にもよるが、中米のどこかだ。パナマやコロンビアやブラジル。我々は二十日から一か月で赤道を一周するから、中米にさしかかるたびにエージェントに手配させるんだ」

その程度の間隔で補給が届くなら、別荘暮らしと大差ないか。

「もっと地上と隔絶した暮らしかと思ってました」

「私もそう覚悟していたよ。だが、これくらいがちょうどいいな」

画家はしきりに上体を動かし、角度を変えながらこちらを見ている。

「空からの眺めはすてきですけど、人物や街がありませんね。絵の題材としては物足りなくないですか」

「この村があるじゃないか。人も家並みも、島や大陸に近づくたびに変化するんだ。君のような訪問者もあるし」

「じゃあ、絵の題材以外で欠乏を感じることはまったくない？」

「白状すれば、ときどき無性にパブや劇場に行きたくなるね。オーストリアやフランスあたりのね。しかし村がヨーロッパ上空を通ることはない。たいていサハラ砂漠か、その南のコンゴあたりを通るんだ」

「高緯度を飛べるようになるといいですね」

「ああ。寒すぎなければね」

泉の胸で衛星携帯電話が鳴った。

「すみません。話していいですか」

「ご自由に」

電話は昶からだった。

『大丈夫ですか？　そろそろ帰還の時間なんですが』

「わかった。十分したら、あのヘリポートみたいなところに行くから」

『了解』

「ご多忙のようだね」

「みなさんがうらやましいです」

マーリクはデッサンを描き上げ、フィクサチーフをスプレーしてスケッチブックから切り離した。こちらに掲げてみせる。

泉は驚いた。

「これが私？」

「見たとおりに描いたんだよ」

画家は絵を丸めて筒に入れ、差し出した。

「受け取ってくれるかね、ふわふわのお礼に」

「喜んで」

「ふわふわバンザイ」

画家はそう言って、がっしりと握手した。

泉は発着ポートに戻った。

ふわふわ1はローターを太陽電池で駆動していたが、その風切り音が聞こえたのだろう、あちこちの家から人が出てきてこちらに手を振った。

クラウスほか数人がアシストにやってきた。

「もう行っちゃうのかい」

「もっとゆっくりしたかったんだけど」

「気が向いたらいつでも寄ってくれ」

「うん」

泉はフライトスーツのファスナーを少しおろし、マーリクにもらった絵を懐にしまった。降りてきたスリングをつかまえ、脇の下に通す。

「じゃあまた」

泉は軽々とつり上げられ、ふわふわ1に収容された。

「どうでした、コミューンの印象は」

昶が尋ねる。探るような顔つきだった。

「ひとことじゃ言えないな」

「ふたことでも」

「心配ご無用。感化なんかされてないから」

そう言い捨てて社長私室に入る。

フライトスーツを脱ぎ捨てると、絵を入れた筒が床に落ちた。

ベッドに横になり、絵をみつめた。

美化された肖像ではなかった。

マッドサイエンティストでも、天才女子高生社長でもない。

そこにいたのは、ひとりの多感な少女だった。

ACT・3

まどろみを、ノックの音が破った。

「お休みのところ、失礼します」

沢木機長の声だった。

泉は急速に覚醒した。機長が私室を訪ねてくるなんて、初めてのことだ。

時計を見る。午後七時半。コミューンを発ってから三時間あまり。

「すぐ行く。社長室で待ってて。それかコクピットのがいい？」

「ではコクピットで」

「了解」

スカートをはき、カーディガンを羽織って階上のコクピットに上がる。

窓の外はもうすっかり暮れていた。闇に透明感がないのは、曇っているせいか。

「お待たせ」

「相談すべきかどうか、迷ったんですが」

「いいよ。何？」

「これを見てください」

機長は計器盤中央のディスプレイに広域気象情報を表示させた。

「南シナ海の熱低が急速に発達しています。じきに台風になるでしょう。このぶんじゃコミューンの連中、北北西に運ばれるでしょう」

天気図の上で、予想進路を辿る。

中国本土だ。香港よりずっと北、上海のあたりか。そこで風向は真西になり、中国奥地で南西にカーブする。

「もっと南に向かうルートがありそうだけど」

「それだと台風に巻き込まれます。私がクラウスだったら高度を下げて北寄りの風をつかむでしょう。それしかありません」

「すると、どうなるの？　二八度線を越えると」

「過去の例だと強制着陸させられます。責任者は軍の施設でしばらく拘束されるでしょう。機体を没収されるかもしれません」

「でも、民間機はなんとかいう条約で保護されてるんでしょ？」

「禁止事項に抵触したら、その国は強制着陸させる権利があるんです」

「そうか」

短い間をおいて、泉は言った。

「こっちに何かできると思ったから呼んだんだよね？」

機長はうなずいた。

「この状況だと救助義務は生じませんし、救助できるかどうかも保証できません。しかし引き返して、本機で曳航すれば、あるいは救えるかも」

「燃料は足りる？」

「あと十時間はマキシマムで回せます。日の出を待ってソーラー駆動で最寄りポートへ行って給油する前提なら」

「わかった。コミューンに救援を提案してみて」

「自分から言っておいてなんですが、うちの社用機が空の無法者に手を貸すことになっていいでしょうか」

「機長はそんな心配しなくていいよ」

あれは無法者っていうか、生き方が違うんだ。

百パーセント自分に合った生き方じゃないけど、クラウスが言っていたとおり、大事なのは違いを貫くってことだ。それに手を貸して何が悪い。

「こちらふわふわ1、〝クラウスのコミューン〟、応答願う」

『こちらクラウスだ、ふわふわ1。忘れ物でもしたかい？』

「君たちは中国の飛行禁止区域に向かっている。そうじゃないか？」

『ああ、そうなるかもしれない。ぎりぎりまでこらえてみるつもりだ』

「必要なら支援したい。こちらには牽引(けんいん)用の装備がある」

『申し出に感謝するよ。しかし荒天下で夜間の曳航は危険だ。なんとか自分たちだけで乗り切ってみる』

泉が割り込んだ。

「機体没収されるかもしれないんだよ？　せっかくここまで築いてきた村がなくなって、みんな散り散りになってもいいの？」

ジェニファーの花も。ヤニの畑も。マーリクのアトリエも。

『そうなるとは限らないし、そうなってもまたやり直せる。たいして金はかかってないし、ノウハウは残るからね。僕の頭に。そしてウェブにも』

クラウスはそう言って通信を終えた。

機長はしばらく沈黙していた。それから言った。

「すみませんでした。お休みのところを」

「それはいいの。機長、前に故意かもって言ってたよね。そうなのかな」

「どんな天才でも天候を完全には予測できません。いくつかの結果を想定して、備えるだけです。そのひとつとしてなら、あるかもしれません」

「悪天候を理由に、緊急避難の形で二八度線を越える？」

「ええ」

望んではいなかった。しかしそうなったらやる気だった。そういうことか。

ふわふわ1でエスコートすれば、多少は中国の態度を軟化できるだろうか？

泉は考え、頭を振った。

回避する手段があるのにそれを選ばなかったとなれば、クラウスの立場が悪くなる。

「なにもしない。それしかないか」

「そのようです。どうもお騒がせしました」

「いいよ。知らせてくれてありがとう」

泉は私室に戻った。その夜はもう眠れなかった。

翌朝、ＣＳ放送のニュースチャンネルに、一部始終が流れた。

コミューン内に設置してあったウェブカメラの映像だった。中国陸軍のジェットヘリが三機接近してくる。次のシーンでは地面が間近にあり、画面の隅に係留作業をする人が写っていた。

コミューンの住人は全員が中国陸軍に身柄を拘束された模様です、とアナウンサーが告げた。

泉はクラウスのウェブサイトにアクセスしてみた。飛行日誌のページを開くと、昨夜半で更新が止まっていた。「我々は中国の飛行禁止区域に接近している」とだけコメントがあった。

第四章　ふわふわ一万倍の法則

ACT・1

南海から戻ったふわふわ1は、調布飛行場に着陸した。

色とりどりの小型機が並ぶエプロンに船体を固定し、ごうごう唸る電源車を傍ら(かたわ)に張り付けたまま、泉は丸一日機内でごろごろしていた。

翌日、泉は一人で飛行場を離れ、電車に乗って相模原の宇宙科学研究所を訪ねた。

宇宙研は観測気球の研究もしているので、ふわふわ製品の引き合いもある。顔見知りの研究者も多い。

観測気球の研究室を訪ねて用件を話すと、それなら広報室の的山さんのほうがいいと言われた。的山教授は宇宙研のことならなんでもそらんじている古株で、ホスピタリティあふれる人柄を買われて研究所のまとめ役になり、広報室長も務めている。でっぷりと太っているのにテニスが得意で、脱サラしたペンションのオーナーみたいな雰囲気がある。

広報室の一画、パーティションで仕切られた仕事場に、泉は顔を出した。

「あのー、アポなしなんですけど、よろしいでしょうか」

的山は書類に目を通しているところだったが、顔を上げて、

「おや、突然だねえ！」

と、きれいな東京弁で泉を迎えた。

「どう、順調？」

「怖いくらい順調です」

「そりゃよかった。来春もまたがくっと値下げ、期待してますから」

「あんまりやると買い控えになるんですよね」

「それもそうか。あっちいこう」

二人は近くのソファーに移動した。

「それで。用件をうかがいましょう」

「つまりですね……」

泉は少しためらった。これは自分の専門分野ではないから、無知を笑われることはないだろう。それにしても、あまりにナイーブな質問だと思えた。

望む回答が地球の空にないことはわかっていた。ふわふわ社の主力商品は航空機部門であって、それは数年内にボーイングと肩を並べるといわれている。

顧問弁護士は、領空というものに垂直方向の定義はないことを回答していた。

領空が完全に意味を失うのは、宇宙空間に達したときなのだ。

「お聞きしたいのは、誰でも宇宙に行けるようになる方法なんです」

的山教授は目を丸くし、それから全身の筋肉を弛緩させたようだった。

「こりゃ大変な質問だ。どこから始めましょうかねえ」

「安上がりなロケットを開発していると聞きました。確か、エアターボ……」

「エアターボラムジェット。スペースシャトルなんかが飛ぶ低軌道は、大気圏のすぐ外にあります。だから途中にある空気を最大限に利用しようという発想ですね。これが実用化されると、ロケットは単段で軌道に到達できますから、それがそのまま地上に戻ってくればずいぶんローコストになります」

「単段？」

「ほら、ロケットは飛びながら下のほうから切り離して捨てて行くでしょう」

的山教授は棚に飾ってあったロケットの模型を持ってきて、辛抱強く説明した。

「ロケットは自分で酸化剤と推進剤を抱えて飛ばなければならないから、ものすごく効率が悪いんですよ。この筒はほぼ全部、燃料タンクです。それでも高さとして宇宙に届くだけならそんなに大変じゃない。百三十キロ上昇するだけなら。しかし軌道をまわり続けるためには、秒速七・六キロという猛スピードに加速しなきゃいけないんです。ジェット旅客機の約三十倍、マッハ二十六です」

「段を切り離すのは、つまり空になった燃料タンクを捨てて軽くするためですか」

「それとエンジンね。ロケットエンジンも大気圏の内外でデザインが変わるんですよ」

泉は分離された一段目の円筒を見つめた。

「でもこの感じだと、空っぽのタンクとエンジンなんて、捨てずに抱えていっても大差ないみたいに見えるんですけど」

的山教授はぶんぶん頭を振った。

「それが決定的な差なんです。この一段目が運べるのは自重の五分の一くらいしかない。その五分の一で二段目より上を運ぶでしょう？　二段目はといえば、自重の三分の一くらいしか荷物を運べない。五分の一掛ける三分の一だから十五分の一です。百トンのロケットだと三トンくらいがやっと軌道に乗る。その三トンに、一段目のタンクとエンジンが含まれるとしたら、ほんとに運びたいものを積めなくなっちゃうでしょう？」

なるほど。

ロケットがいかに効率の悪い乗り物か、泉にもようやくつかめてきた。

「そのエアターボラムを使った単段ロケットだと、その問題がクリアできるわけですか」

「完全にじゃありませんけどね。大気中の酸素を利用するぶん、抱えていく燃料が減ります。燃料タンクの軽量化も大切ですけど、あなたのふわふわストリングを使えばなんとかなりそうです」

「ああ、フィラメント・ワインディング」

「ええ」

中空の窒化炭素繊維を、型に毬のようにきっちりと巻き付けて焼結する工法のことは泉も承知していた。

「あれはでも、振動試験を通らなかったんですよね」

「繊維が剝離して、そこから亀裂しました。ロケットは振動がものすごいですから」

的山教授は振動試験の過酷さをひとしきり語った。ひとたび軌道に乗ってしまえば静穏な無重量状態になるというのに、大気圏を抜けるまでは神経を逆撫でするような不規則な振動にさらされる。すべては桁外れのスピードのせいだ。しかしその区間をのんびり飛行していては、自分を空中に留めるだけで燃料を浪費してしまう。軌道に乗るまでの時間は可能な限り短縮しなければならないのだ。

「でも実現の目処は立っていますよ。耐熱性ではカーボン繊維に劣りますが、強靭さはふわふわのほうがずっといいですから」

「それで、エアターボラムの単段式が実用化されると、誰でも宇宙に行けるんでしょうか」

「コストは十分の一くらいになりますね。一人当たり、二、三億円ってとこですか」

泉はのけぞった。

「それじゃ誰でも行けるなんて無理じゃないですか」

「宇宙飛行ってのはそんなもんです。軌道エレベーターでもできれば別ですがね」

「軌道エレベーター？」

的山教授はふっとため息をついたが、気を取り直して紙に図を描き始めた。

まず円を描き、中央に弧を加える。地球とその赤道になった。

その赤道面内、地球直径の三倍くらい離れたところに、教授は印をつけた。

「このペケ印のところに静止衛星があります。静止衛星ってご存じですよね。空の一点に浮かんでいる、ＢＳ衛星とか気象衛星とか」

「ええ」

「地面との位置関係が変わらないんだから、衛星と地上をエレベーターで結んでもいいわけですよね？」

「あ、なるほど」

恐ろしく長いエレベーターだ。

全長三万六千キロになります、と教授は言った。さらにバランスを取るため、静止軌道の外側に向かってカウンターウエイトを延ばさなければならない。

しかしこれなら、ロケットの重量制限や悪夢のような振動や高熱とは無縁でいられる。ケーブルをつたって昇って行けばいいのだから、自分で抱えた推進剤を捨てながら飛ぶなどという不経済はない。たとえば太陽電池でモーターを駆動してもいいわけだ。

「これいいですね。建設プロジェクトはもう始まってるんですか。ＮＡＳＡあたりで」

的山教授は苦笑した。

「まあ早くて五十年後くらいの話だと思われてますよ」

「え？」

「いろんな問題があるんですが、まずケーブルの強度です。三万六千キロのケーブルを垂らすと、どんなに軽くて丈夫なものでも自重で切れます」

「ふわふわストリングでも？」

「ええ。使うとしたらそれしかありませんが、切れないためにはテーパー加工しなきゃいけない。つまり根元——静止軌道のほうを太くして、地上側を細くするんです。それで全体の重量はすごく大きくなってしまいます」

ダイヤモンドにせよ、立方晶窒化炭素にせよ、圧縮強度に比べると引っ張り強度はそれほど強くない。それでも重量との比を考えれば鋼鉄より遥かに優れているのだが。

「ブートストラップといいまして、最初のケーブルが地上に届けば、それをつたって資材を持ち上げることができます。それで順々に本格的なエレベーターを建設していけばいいんですが——問題は最初のケーブルを静止軌道に運ぶまでです。超軽量の案もあるけど、まあ現実的には何百トンにもなるでしょう」

「ロケットで運ぶとしたら……」

「最強のロケットを使っても、一度に四トン程度です。費用はまあ、一声百億円。これを百回やるとなると、一兆円かかります」

「うーん……」

「月面から資源を運ぶとか、小惑星を牽引してくるという代案もありますけどね。それにしても桁外れの大工事です。宇宙への輸送能力が足りないから軌道エレベーターがほしいのに、その建設のためには巨大な輸送能力が求められる。これが最大の障壁です。問題はほかにもありますよ。軌道上のゴミを一掃しなければいけませんが、これが絶望的に難しい」

「スペースデブリが、エレベーターに衝突するってことですか」

的山教授はうなずいた。

「小指の先くらいの石ころでも、低い軌道だと秒速七キロくらいで飛んでます。銃弾の十倍くらいの速度ですから、ぶつかったら大変です。それに宇宙線による材質の劣化もありますから、ほうっておいても切れる心配があります。だからエレベーターを複線、複々線にして万一衝突しても残りの部分で支えられるようにしないと。とにかく軌道エレベーターってのは全長数万キロのうち、どこか一箇所が切れたらおしまいなんです。ものすごくクリティカルな技術なんですよ」

だめっぽいかな、と泉は思った。

「それに、倒壊した場合の保障をどうするかとか、衝突した人工衛星の賠償をどうするかとか、人工衛星と本当に共存できるのかとか、国際的な合意をとりつけないといけませんね」

だめだこりゃ。

泉は軌道エレベーターへの興味を完全に失った。

技術的な問題はともかく、法的なごたごたに関わっていたら実現に何年かかるかわかったもんじゃない。

「大気圏って、地上からせいぜい百キロくらいまでですよね。それくらいなら地上から塔を建てて届きませんか」

「簡単に言うねえ」

「ふわふわを使えば、高度十キロくらいの塔はできるんです。風さえなければ」

「あと十倍だよ。それに高いだけじゃだめなんだ。そこから軌道速度まで加速する機構がないと」

「だから塔っていうより、長い橋を水平なまま宇宙まで持ち上げたようなものだよね、ほしいのは。高度百キロくらいで、水平に長さ千キロくらいのカタパルトがあれば、その上にリニアモーターカーを走らせて軌道速度まで加速できる。これがあればいいだろうなあ……」

「あ、そうか」

「でも、なにか致命的な問題があるんでしょ？　これも」

「想像してごらんなさいよ。新幹線から富士山を見たことあるでしょう？」

「ええ」

「富士山の高さをこれくらい、高さ三十七センチに縮小したら」

的山教授はテーブルの上に手をかざした。

「カタパルトはどのあたり？」

富士山は標高三・七キロ。それが三十七センチなら、百キロは……十メートル。

瞼に描いた富士山に、それを重ねてみる。

思わず天井を仰いだ泉を見て、教授は微笑んだ。

「それが橋脚一基の高さですよ。根元は裾広がりになるから、ちょうど富士の裾野をすっぽり覆うくらいになるでしょう。そんな橋脚を青森から下関まで並べるんですよ？」

非現実的な夢でしょう、と教授は顔で語っていた。

なるほど。たしかにでかい。

しかし泉は巨大建築に免疫があった。

ふわふわ社には、たった三か月で五百メートルの牛乳瓶を建造する技術がある。

ふわふわケーキは常識はずれの建材だ。総比重はコンクリートの一万分の一以下なのに、強度はそれほど差がない。建築は重力との戦いだ。ふわふわで物を作るとき、サイズの限界は一万倍に拡張されることに慣れなくてはならない。

泉は問い返した。

「ふわふわケーキで一メートル四方、高さ百キロの柱を作ったとしたら、重量はどれくらいになります？」

「え？」

的山は虚を突かれた顔になったが、すぐに暗算した。

「二万四千……いや、二十四トンか？　たったの？」

通勤電車の一輌分。

「高度十キロまでは重量はマイナスです。二十トン以下になるでしょう」

「そうか……そうなのか」

教授の表情が変わり始めた。ようやく思考が〝ふわふわ一万倍モード〟に追いついてきたらしい。

二人は検討を進めた。

もちろん、そんな柱を立てたら下のほうが自重で潰れる。そのためには……

ああ、これもそうだ。

倹約を旨とする自然界の法則が、ここにも当てはまるのだ。

ピラミッド、東京タワー、多段式ロケット、それに軌道エレベーターもそうだが、根元側を徐々に太くする、いわゆるテーパー構造にして荷重を分散させるしかない。その補強分がさらに重量を増やし、全体を雪だるまのように太らせる。

いやいや、あきらめるのはまだ早いぞ。

高度十キロ以上ではふわふわは自分を浮かべられなくなるが、そのかわり大気圧の圧迫もなくなる。地上にあるふわふわには一平方メートルあたり十トンの大気圧がかかっている。それゆえに発泡ウレタン程度の強度しかないのだが、高空ではその負担がなくなる。テーパーしていない柱でも高さ三十キロまで持ちこたえられるわけだ。

それを三倍あまり拡張するだけなら、桁外れに太ることはないだろう。

「だけど風の問題があるでしょ」

的山教授が言った。

「それは、なんとかなるかもしれません。もうじきうちの社で実験するんですけど」

「どんな？　企業秘密？」

「いまはちょっと。でかすぎて工事が大変ってこと以外に、致命的な問題はありますか？」

「いや……特にないんじゃないかな。高度百キロならスペースデブリもない。大気との摩擦ですべて落下してるから」

「それでもリニアのカタパルトを動かすくらいには真空に近いと」

「そう。この高度なら大気の密度は地上の百万分の一くらいだから、人工衛星だったらむきだしのままで加速できるよね。人間だって宇宙服を着せておけばそのまま軌道に運べる。リニアモーターの、トロッコみたいなものに乗せて」

　的山は自分で導いた想像に顔をほころばせた。

「電力は莫大ですか」

「十トンの貨物を軌道速度まで加速するとしたら……三百メガジュールくらいか。でもまあ、数分間のことだから、コンデンサか何かに蓄えておけば、どうってことないね。自重はカタパルトが支えてくれるうえ、燃料も不要で空気抵抗もないから、ロケットとは比べ物にならないくらい省エネルギーになるよ。それに帰還時にもカタパルトを使えば、電力は回収できるでしょう？」

「え？」

「つまりですね――」

的山教授はよどみなく説明した。

電磁力のふるまいは可逆だ。モーターを手で回すと発電機になる。リニアモーターも同様で、走行中の車輛がレールの上で電磁ブレーキをかければ、レールが発電機になる。軌道カタパルトを飛び立った宇宙船が仕事を終えて、精密に誘導されながらカタパルトの入り口に進入すれば、発進に要した電力を回収できる。

かつてニュートンが示したとおり、運動中の物体は外力を加えない限り運動をやめない。軌道飛行する物体は出発時に与えた運動エネルギーをそのまま保存している。それをレールが取り返すわけだ。

「そんなおいしい話があったとは……」

「もちろんロスがありますし、蓄電施設も要りますけどね。それは世界中で研究してますから、なんなりと利用できるでしょう。コンデンサーに蓄えるもよし、フライホイールに蓄えるもよし」

「そうか……」

夢中で話し合って、気がつくと外は暗くなっていた。

的山教授は多忙で、三時間の会談中、およそ十五分おきに電話や相談事が割り込んではは後回しにしてきたが、それもそろそろ限界だった。

的山は提案した。

「プロジェクトチームを発足させましょうよ。御社とうちで産学協同で進めれば間違いないでしょう」

「わかりました。ちょっと社内の調整がいりますけど」

昶を説得しなくては、と泉は思った。昶さえ首を縦に振れば、必ずなんとかなる。

「期待してますよ。本当に軌道カタパルトができたら、世界がひっくり返るから」

的山は言った。

「低軌道まで誰でも行けるようになれば、宇宙ホテルやスペースコロニーもできる。でかい宇宙天文台もできるなあ。安全確実に運べるとなれば保険もかけられるし、原子炉だって持ち出せるなあ……」

「先生、筑波の春山さんから報告書が。……先生、五時前から酒盛りですか？」

書類を持ってきた職員が言った。

「……月の裏に観測所を置いてさ、ヘリウム3を採掘して、フォボスに中継基地を作って、火星コロニーもできるなあ。窒素をなんとかすれば……ふわふわでドーム都市を作って基礎工業を自立させて。そこまでいけばもう大丈夫。もう大丈夫だなあ。それから木星と小惑星に足を延ばして……」

教授は、酒に酔いしれたように語り続けていた。

ACT・2

八丈島上空、高度二万メートル。

離陸前、山脈のようにそびえていた積乱雲もいまは遥か下方にあった。周囲の空は海よりも青く、上空はもう黒に近い紺だった。

ふわふわ1のホバリング限界は高度四千メートル、上昇限界は八千メートルにすぎない。今回の飛行のために、胴体側面にターボファン・エンジンのモジュールを装着している。前進速度を持つことで船体はリフティングボディとして機能し、揚力が浮力を補う。

この高度ではキャビンが内圧に耐えられないので、与圧していない。泉は重いプレッシャースーツを着込み、ボンベの酸素を呼吸していた。隣には同じ装備の昶がいたが、仕切りたがる様子もなく、静かに実験開始を待っていた。キャビンにいる八人の技術者はすべてわきまえた様子で、淡々と準備を進めていた。

これはふわふわ社の主要プロジェクトのひとつ、次世代成層圏プラットホームの重要なステップとなる実験だった。

左舷に浮かぶ巨大なドーナツ状の物体は、強烈な日照で蛍光灯のように輝いていた。三十分の一気圧という希薄な空気が距離感を損なっていたが、あの直径が四百メートルなら、彼我(ひが)の距離は二キロというところか。

　それはステージ20と名付けられている。新しい成層圏プラットホームの開発過程で生まれた無人の空中工場のひとつだった。

　ふわふわケーキは高度一万メートルで空気の比重と均衡する。安価なかわり、上昇限度はヘリウム気球の足元にも及ばない。

　ステージ20はその限界を押し上げる浮力材、通称「超ふわふわ」を製造する。

　ふわふわケーキの内部をくりぬいて軽量化する技術はすでにあったが、超ふわふわはそれをさらに飛躍させるものだった。

　それは直径五十ミクロンのふわふわ粒子を、数万倍に拡大したものだった。ふわふわケーキで厚さ数センチ、直径二十八メートルの球殻を作り、内部を真空にする。

　こんな脆弱(ぜいじゃく)な気球は、地上の大気圧ではたちまち壊れてしまう。

　しかしこの高度でなら耐えられる。高高度専用の超ふわふわを、最初から空気の薄いところで製造しようというアイデアだった。

　ふわふわケーキの肉抜きには、フラクタル構造という選択もあった。

　中央に大きな空洞をおき、まわりを少し小さな空洞で満たし、それをさらに小さな空洞で満たし——このプロセスを極限まで繰り返す。

それは自然が植物の茎に採用している構造であり、数学者は理論上無限の軽量化を約束していた。しかし〝フラクタルふわふわ〟の製造は途方もなく困難で、開発チームは現実路線を選んだのだった。


「超ふわふわ第一ロット、排気完了」

「シーケンス24。搬出ポート開放」

「ラッチアップ」

「搬出一分前――マーク」

「計測開始」

「カメラスタート」

秒読みが始まった。

泉と昶は目配せを交わしたが、何も言わなかった。

カウントがゼロになるとドーナツ中央にある車軸部分から、小さな――そう見える――球体が舞い上がった。相対的な風はない。

それはステージ20から三百メートルほど上昇したところで止まった。続いて第二、第三の超ふわふわが舞い上がり、同じ高さにとどまる。

「ひきがえるの産卵みたいだな」

昶が的確に表現した。

産卵が二十個を数えた頃には、それが透明な涙滴型のネットに包まれている様子がうかがえるようになった。ネットはふわふわストリングを編んだもので、東京タワーをすっぽり包める大きさだが、丸めるとボストンバッグに入る希薄なものだった。

「超ふわふわ充塡完了」

「機上装置、すべて正常」

「相対風速、水平〇・〇二、垂直〇・〇一」

「社長、よろしいですか」

「いいよ、放球して」

「セパレーション、GO」

二百個の超ふわふわを包み込んだ葡萄の房のような気球が、ステージ20から切り離された。

まじりけのない日照に輝きながら、紺碧の空にまっすぐ昇ってゆく。

ロケットの打ち上げなら、これからが緊張のピークだろうな、と泉は思った。

ふわふわ気球は逆だ。低高度における放球時が最もデリケートな瞬間で、上昇するほど強度を取り戻してゆく。そのはずだが。

「高度二万五千、なお上昇中――あっ」

「どうした？」

「ナンバー83、リークです」

技術者の一人が、緊張した声で言った。

「画像で見えるか」

「ああ、これかな。外から見える。圧壊してる」

別の記録係が言った。

泉は席を立って、その端末装置に向かった。

透明なネットを通して、超ふわふわ球殻の破片が見えた。それは少し内側にあり、卵の殻のような破片が隣り合った球殻の間からのぞいている。さらにズームアップすると、細かい破片がネットの内側をゆっくりと転がり落ちているのがわかった。

「ナンバー42、リーク」

また別の球殻が圧壊したらしい。球殻にとりつけた数グラムのセンサーが、それを伝えてくる。

「一パーセントの損失か」

昶がつぶやく。

「どうしてこうなるの？　あれから五千メートルも上昇したのに」

泉が尋ねると、主任技術者は落ち着いた声で答えた。

「超ふわふわは硬い物質ですが、高度が上がって圧力が減ったぶん、わずかに膨張するんです。というより、それまで収縮していたものが本来のサイズに戻るんです。それがネットの中で他の球殻を圧迫する。超ふわふわは面の圧力には強くても、点で押されると弱いですから」

「ああ、そうか……」

「ロケットの打ち上げで動圧最大(マックスQ)という領域がありますね。速度はどんどん上がり、空気はどんどん薄くなるなかで、空気抵抗が最大になる領域です。あの気球にも同じことがいえます。球殻の膨張と、外気圧の低下による強度回復の曲線が交差するあたりが二万五千メートルというわけです」

すべては想定内の出来事らしい。

「大丈夫、もう峠は越えました。目標達成はまちがいありませんし、問題は解決できます。あんなデリケートな卵を、ストッキングに詰め込むなんて乱暴をしなけりゃいいんです」

そう言って苦笑する。

胸に暖かいものがこみ上げるのを、泉は覚えた。

それは老練な修理工の「これで大丈夫、前より丈夫になった」と同じ、技術者だけが持つ魔法の言葉だった。

新しい気球は二時間弱で高度四万メートルに達し、そこで上昇を止めた。キャビンに拍手が満ちた。

超薄膜のヘリウム気球による高度記録にはまだ一万メートル及ばないが、その記録を破る目処は立っていた。そのプロセスを開発主任から聞いたとき、泉は思わず膝を打ったものだった。

ここにも多段式ロケットの知恵が生かされていたのだ。

今回作られた超ふわふわ・タイプ40を浮力材にして、高度三万五千メートルに空中工場「ステージ35」を建造する。そこでの気圧は地上の二百分の一しかないから、さらに軽い超ふわふわ、タイプ55が作れる。それは高度五万五千メートルまで上昇できる。

そこより上から衛星軌道までの領域に、長くとどまった航空機は存在しない。ジェットエンジンは機能せず、ロケットは数分で通過を余儀なくされる。そこは成層圏と中間圏の界面に近い、透明で、多くの未知を残した空間だった。

気球はもう輝く白い点にしか見えなかったが、テレメーターで刻々と位置を伝えてきた。北北西へ秒速十八メートルで移動している。一片の雲もないこの領域に、これほどの風があるとは信じられない気がした。

しかし、その風は髪をなびかせることもできないだろう。大気密度は三百分の一になっているから、風圧は無に等しい。あのサイズの気球なら、絹糸ほどのふわふわストリングで係留できるはずだ。

ふわふわ建築物の最大の敵である風が、ここには存在しない。

泉が勝利を確信したのは、このときだった。

新しい気球をひととおり見届けると、高度二万で水平飛行を続けていたふわふわ1は、降下を開始した。

高度八千メートルで与圧が始まると、泉はプレッシャースーツを脱ぎ捨て、改めて技術者たちに礼を言った。

それから相棒を手招きした。いまこそ説得のチャンスだ。

「昶くん、ちょっと話があるんだけど」

ACT・3

「やっと白状してもらえるんですね？」

紙コップのコーヒーを運ぶと、昶はいきなり言った。

「この二週間ほど、ごそごそ動き回ってたのは知ってますよ」

「気づいてるとは思ってたけど」

「長いつきあいですから。空中コミューンですか？」

「へ？」

「あそこから戻って以来、泉さん、様子が変でしたから」

そうなのか。

自分ではあまり意識していなかったが、そうなのかもしれない。

「つまりだな、あの連中の顚末を見て思ったのは、地球の空は狭いってことなんだ」

「二十日おきに世界一周してる連中ですからね」

昶はうなずいた。

強制着陸させられた空中コミューンの住人たちは、各国政府の働きかけもあって、所持品もろとも釈放された。しかし気球や浮力材はすべて中国当局に没収された。彼らがその後、どうなったかは伝わってこない。

「弁護士に相談してみたんだけど、領空の垂直定義って、ずっとあいまいなままでやってきたんだよね」

昶は合点した様子だった。

「それであの高高度気球を利用しようってわけですか。領空と言われないだけの高空を通るなら誰も文句は――」

「いや、それじゃだめなんだ。航空機が到達できるなら、真下の国はそこを領空として主張する。うちが個人用の高高度気球を開発すれば、領空もついてくるんだよ」

「それもそうか」

「結論を言おう。領空から完全に自由になれるのは、宇宙空間しかない」

「宇宙空間、ですか」

昶は表情を変えなかった。

しばらく凝固してから、先を促すように言った。

「道理ではありますが」

「大地から離れない限り、本当に自分らしく生きられない種族がいるんだ。誰でも自由に宇宙に行けるようになれば、連中も満足する」

「定住したがらない一握りのアウトサイダーのために、宇宙事業を展開しようと」

「名簿のトップは私だ」

「なんでまた。努力しないで生きるのが泉さんのモットーじゃないんですか。宇宙で放浪生活なんて、めちゃくちゃ大変ですよ」

「この三年ずっと考えてきたんだけど、努力にも二種類あることがわかった。して楽しい努力と楽しくない努力だよ。住民団体や商工会議所の親父どもとやりあうのはもうたくさんだけど、空中コミューンみたいなのを維持する努力ならしてもいい」

「……」

二人はしばし、にらみ合った。

先に弛緩したのは昶だった。

「いいでしょう。動機としてはオッケーです。僕は理解できます」

昶は理解を示した。

第一関門クリアか、と泉は思った。

化学部時代からの伝統だ。泉がアイデアを出す。昶がそれを牽引する。

「どうやるんです？　ロケットじゃないですよね？　足取りはつかめてますよ。宇宙研の翌日は気象研を訪ねた。それからJRの鉄道研究所に行った――と僕のスパイは報告してますが」

「そういうことを得意気に明かしてどうする」

「泉さんだからですよ」

「いまプレゼンするから待て」

泉はノートパソコンを開き、ビデオプロジェクターに接続した。

「こいつを作るにあたっては、ステージ35の量産が前提になってる。タイプ55を浮力材にして、高度五十キロにちょっと大きめの中間圏プラットホームを作るんだ」

スクリーンにサーティーワン・アイスクリームそっくりの物体が表示された。

倒立した円錐の上に、同じ直径の半球がかぶさっている。その合わせ目にたがのようなリングが取り巻いていた。

「直径三・八キロ、上下十四キロの高高度気球だ。到達高度は五十キロ」

「でかいですね」

「ふわふわ一万倍の法則をお忘れなく」

気球外周のリングを土台にして、繊細な骨組みでできた細長い塔が建った。骨組みは三層のトラス構造で、下層が十二本、中層が六本、上層が三本の柱でできている。

塔だけで高さ五十キロ以上あり、土台が高度五十キロにあるから、頂上は高度百キロの宇宙空間に達する。地上から建てると大変だから、気球で上がれるだけ上がって、そこから塔を建てようというわけだった。

塔の各層には蜘蛛の糸のような支索が結ばれ、海面まで達していた。これで塔は直立したまま空中に固定される。

「釣りの浮子みたいですね」

「一本の柱は直径百メートルで全長十七キロ、中はすかすか。材料はノーマルのふわふわケーキ。これを二十一本組み合わせればタワーが完成する。どうってことないよな？」

「まあ……すべて高空で作るなら」

「ステージ20と同高度に治具を作る計画だよ。そこなら風もしれてるし、台風も届かない」

「いいでしょう。これで宇宙空間に達する塔ができた。頂上まではエレベーターで行くんですよね？」

「そう」

「でも、いいですか泉さん、軌道に乗るには――」

「わかってる。そこにはまだ地上の九十五パーセントの重力がある。ここから飛び出しても真っ逆さまに落ちるだけだ」

泉はプレゼンテーションを進めた。

空に浮かぶ塔は、画面の中で二十個複製された。それは六十キロの間隔をおいて一直線に並んだ。

塔の先端から先端へと、吊り橋が掛け渡される。ケーブルも橋桁も、蜘蛛の糸のように繊細なものだった。

「もう文句ないだろ。高度百キロの宇宙空間に全長千百キロの橋ができたわけだ。この上にリニアモーターカーを走らせる。リニアドリーと呼んでるけど、これで三G加速を四分ちょっと続けると軌道速度に達する。ドリーの上には宇宙船が載せてあって、切り離すだけで軌道飛行する。そのあとちょっぴり噴射すれば、高い軌道に乗るわけ。ドリーのほうは最後の百キロでブレーキをかけて停止する」

「リニアモーターの線路って相当な重さになりませんか」

「JRが作ってるようなやつを想像しちゃだめだよ。橋桁は幅十メートル、これにフィルム状のコイルを貼り付ける。こんなのだ」

泉は書類の間に挟んであったコイルの素材を見せた。透明なプラスチックフィルムの両面に、電子回路のようなものが印刷されている。

「フレキシブルのプリント基板ですね。でもそんなのじゃ、たいした磁力にならないでしょう」

「弱いよ。そのかわり有効面積を思いっきり広く取るんだ。リニアドリーの全長は五百メートル。その全面が、一ミリの隙間をおいてレールと接する」

「いくら真空に近い大気中でも、橋脚は揺れるでしょう。そんなシビアな設計でいいんですか」

「橋脚やレールの歪みは簡単に検出できるんだ。一定間隔で鏡をとりつけておいて、レーザーを当てればいい。リアルタイムで歪みを測って、レールを支えるケーブルのテンションを制御する」

「簡単に言いますけど、固有振動数とかいろいろ難しいんじゃないですか」

「何事にも多少のチャレンジは必要だ」

「しかし、本州と同じ長さの橋ですか……」

「ふわふわ一万倍の法則にてらせば、たかが百メートルの鉄橋だよ」

「うーん……」

昶は腕組みして、しばし考え込んだ。

「コストは莫大ですよ。社運を賭けることになるでしょう」

「だけどこれが完成したら、タダ同然で宇宙に行ける。航空運賃並の料金で」

「ニーズがありますかね。空中コミューンに住みたがるような連中はともかく――」

「いいかよく聞けよ。アメリカはシャトルを一回打ち上げるのに五百億かけてる。それだけの金を払う価値があるからそうしてるんだ。この軌道カタパルトなら、三十分おきに運転するとして毎日シャトル四十八機ぶんの荷物を打ち出せる。国際宇宙ステーションの全資材が一日でだよ」

泉が言い終わる前から、昶は暗算を始めていた。

「毎日二兆四千億円……」

目の色が変わった。

「いや、だけどしかし、そんなに単純には……」

「その百分の一としてもすごいだろ。株価が上がれば資産運用も楽ちんだ」

「……」

まるで頭痛をこらえるように、昶は額に手を当てて、黙り込んだ。

泉がカップ麺を持って戻ってきたときも、昶はまだ考えていた。

「なに悩んでる」

「なんか、ものすごく巨大な過ちを犯しかけてる気がするんです」

「どんな」

「イエスと言っちゃいそうな気が」

「じゃあもう答えは出てるんだ。認めたくないだけで」

昶はため息をついた。

「そうなんですかね？」

自問自答するように首を傾げる。まだ硬いカップ麺を、昶はすすりこんだ。

「それにしても地球直径の十二分の一の建築物となると、設置できる場所はそう多くないでしょう。立地はどうなんです？」

「うん。場所は赤道直下がベストなんだ。地球の自転速度を利用できるし、打ち出した宇宙船は、地球を九十分で一周するごとに出発地点に戻ってくる」

「ええと……そうなんですか？　赤道以外でも一周すれば同じ場所に戻ってくるような気がしますけど」

そうそう、私もそう思ってたんだ先週までは——と思いながら、泉は説明した。

「軌道は常に大円を描くんだ。だから赤道以外の場所から出発すると、緯度の線に対して傾斜した軌道になる。地球儀に斜めにわっかをかぶせたと思いなよ。一周して戻ってきたときには、下の地球が自転してるだろ？　カタパルトは地球といっしょに動いてるから……」

昶は頭の中で地球儀をまわし、やがて腑に落ちた顔になった。

「そうか。赤道直下なら、自転でカタパルトがずれてもそのまま進めば追いつくわけか」

「そう。それと、やっぱり風の問題があるんだな。軌道カタパルトは海面から係留するんだけど、長さ五十キロ以上ともなると、支索にかかる風圧もばかにならない。年間を通して風のおだやかな場所というと、これも赤道付近になる。赤道収束帯っていうんだけど」

泉は気象研究所でもらってきた巨大な天気図のようなものをテーブルに拡げた。

「あそこのB全プロッターで打ち出したオリジナルだよ。高度五十キロから宇宙の底まで、定点観測所を並べてみたくないかって言ったら、もう目の色変わっちゃって、サービス満点だった」

図は季節ごとに地球の大気循環を描いたものだった。

　赤道付近を見ると、南北それぞれの半球を循環する風が収束して、無風状態になっている場所がある。それは季節によって移動するが、年間を通じてほぼ一定している地域もあった。

「このへんですか」

　昶が指したのは太平洋のど真ん中、日付変更線の東側。

「ご名答。公海かと思ったんだけど、このへんにぱらぱらっと島が連なってるだろ」

「ツハミ共和国……？」

「半世紀前にイギリスから独立した立憲君主国だそうだ。珊瑚礁が隆起しただけの、ちょっと海面上昇したら消えそうな国土だけど、ほどよい間隔で散らばってるせいで領海はものすごく広い。いろいろ検討したんだけど、軌道カタパルトを係留しようとすると、この国を避けては通れないんだ」

ACT・4

　四日後――スケジュールをこじあけた泉と昶は、「ふわふわ2」と名付けられたビジネスジェット機、ガルフストリームVに乗って太平洋に乗り出した。

ふわふわ2には一万キロの航続距離があったが、大事をとってクリスマス島で給油する。ツハミ共和国の首都があるツマアツ島に着いたのは、羽田を飛び立って十五時間後のことだった。

ラッタルを下り、最初の一歩をしるす。

泉はしばし、呆然とした。

「平らなとこだな」

水平線と地平線を遮るものは、バラック小屋と椰子の木しかない。

足許を見ると、珊瑚の破片を主成分とする白い土壌に、墨のような自分の影が落ちていた。

「それに静かだ」

タービンの音がやむと、かすかな海鳴りしか聞こえてこない。

バラックの両脇にそびえる椰子の木は、凍り付いた打ち上げ花火のようで、そよとも揺れなかった。

「赤道収束帯だけのことはありますね」

泉は機内に引き返し、クリスマス島で買った白い麦わら帽子をかぶった。

それからまた周囲を見回した。

迎えの車が来るはずなのだが。

バラックのわきに、錆にまみれたランドローバーが止まっていた。ダッシュボードの上に何かが二つ、乗っている。

「足だ」

泉はそちらに歩いていった。

車内を見ると、相撲取りのような真っ黒な大男が寝ていた。バミューダパンツから樽のような腿が突き出し、ダッシュボードに達していた。

「ハイ。……ヘイ、ユー！」

男はぱっちりと目を開け、ぎょろりとした黒い瞳でこちらを見た。

それから、オウとかなんとか言った。

泉は英語で名乗った。

「私はふわふわ社の浅倉泉。出迎えがあるはずなんだけど、あんたがそう？」

「ああ、わしだ」

「この車で大統領官邸まで運んでくれるんだよね？」

「ああ、そうだ。乗ってくれ」

男は微動だにせずに言った。

泉と昶は自分で扉を開けて後部座席に乗った。

男の足が物憂げにダッシュボードから降りて、車はごろごろと動き始めた。

未舗装の道を十分ほど走ると、家がまばらに建っている地域にさしかかった。

椰子の葉で屋根を葺いた、高床式の家が多い。壁がなく、屋根だけの家もある。

家の周りにはたいてい椰子の木がある。熱帯の森といえばさまざまな樹種が生い茂っているものだが、この島は漫画のように椰子の木ばかりだった。

町中に入ると、商店もあれば公衆電話もあった。初めて出会った対向車はマイクロバスで、フロントガラスの内側に「BUS」とマジックで書いた紙を掲げていた。

家もモルタルの壁のものが増えてきた。

車はそんな家のひとつに入った。珊瑚を積み上げた石垣に囲まれた、簡素な平屋だった。

男はノックもせずに家に入り、庭に面した部屋に二人を案内した。

十畳ほどの部屋で、板張りの床に椰子の葉を編んで平たくなめした筵が敷いてあった。

「そこ、座って」

籐のソファーをすすめられる。二人が並んで着席すると、男も向かい側に腰を下ろした。

三人はしばし、黙って向きあっていた。

やがて昶が日本語でささやいた。

「まさかと思うんですが……」

「うん」

泉は即座にうなずいた。

「私も同じことを考えてると思う」

「これって、この手の地域じゃ定番のハプニングですよね」

「だな」

それから泉は男に質問した。

「失礼ですが、あなたが——カチメロ大統領閣下ですか？」

「ああ。わしだ」

やっぱりか。

そしてここが大統領官邸というわけだ。ワンダフル。

「閣下みずからお出迎えいただき、恐縮にございます」

「近いからな」

「はあ」

大統領は立ち上がって、冷蔵庫を開いた。ガラス瓶を取り出し、中身をグラスに移す。

「飲むか」

「もったいのうございます」

得体の知れない、白濁した液体だった。

一口ふくむと、刺激的な匂いが脳天に来た。植物的ではあるが、果実の味ではない。

「これはいったい……」

「トディーだ。椰子の樹液を薄めたもんだ」

「とてもめずらしい味です」

「氷もあるぞ」

「いえ、これで充分です」

あらためて室内を見回すと、電話も電灯も冷蔵庫もテレビもあった。電化されている。

「かしこまらんでいい」

「はい」

「丁寧な言いまわしは、わからんのだ。英語が」

「それは助かります。私も苦手なので」

「なんか建てると言ってたな。風船みたいなやつを、繋いでおきたいと」

「はい」

目配せすると、昶はアタッシェ・ケースからノートパソコンを取り出した。

画面を大統領に向けてプレゼンテーションする。

それが終わると、大統領は簡潔に感想を述べた。

「でかいな」

「それはもう。そしてこの国にも巨大な富をもたらすことになるでしょう」

「そりゃ、どうかなあ」

「と申しますと？」

「まわりの海がな、世界遺産に内定しとるんだ」

「世界遺産……ですか」

「ツハミの資源ったら伝統文化と珊瑚礁なんだ。それをぶち壊すわけにはいかん」

「いえ、破壊は皆無です。点々と係留船を配置して、空にケーブルを延ばすだけですから。日照もほとんど妨げませんし」

「空が汚されるだろ」

「汚染はいっさいありません。すべて電気で駆動しますから」

「ちがうちがう。それじゃない」

大統領は民族に伝わる神話を語った。

ポリネシア文化の一端をなすツハミ文化では、海も空も神の領域だった。

海神はカリ、空神はダザと呼ばれ、それぞれに荒ぶる神であり、新月のたびに祭礼を執り行ってなだめる存在だという。

「カリは男、ダザは女だ。二人は仲が悪い。だから空と海を地続きにされちゃ困る」

「地続きといっても、遠目には見えないような支索でつなぐだけですし」

「エレベーターが通うだろ」

「それはそうですが、それ、なんとかなりませんか」

泉は恐れ知らずなことを言った。

「神話に新しい解釈を与える方向で。カリとダザが結婚するとか」

「あの神は結婚などせん」

「二柱への供物として考えられませんか」

昶が言った。

「これ、夜になると係留索に航法灯が点灯します。ちょっとしたクリスマスツリーみたいな眺めになるんですけど」

「そりゃよけい悪い。夜は夜の神スリの領域だ。空に灯りなどともしたら怒りを買う」

やぶへび、と昶は日本語でつぶやいた。

「閣下もそう信じてるんですか」

泉が訊いた。

「まさかな。だが文化は守らねばならん」

「ですけど――」

「そのために祖父らは血を流して独立を勝ち取った。わしらの生き方を通すためにだ」

「……」

あんたもか。大統領閣下。

　このおじさんの祖先もアウトサイダーだったんだ。その気風を受け継いでいるとしたら、見かけほどポレポレな民族じゃないだろう。

　泉はアプローチを変えた。

「ええと、閣下のいちばん古い祖先はどうやってこの地に来たんです？」

「西から、アウトリガー・カヌーに乗ってだ」

「祖先はなぜこの島で定着したんでしょう」

「ここが世界の果てだからだ」

「もう少し行けば、南北アメリカ大陸があるのに」

「そりゃそうだ。だが行っちまったらわしらはここにいないだろ」

「旅はそこで終わったんでしょうか」

　大統領は泉をぎょろりとにらんだ。

「どういうことだ」

「本物の世界の果てに船出する。このツハミ諸島はその入り口だったと考えては」

「本物の世界の果てってなんだ」

「宇宙です」

「宇宙？」

「周囲は荒ぶる神だらけなんでしょ。その間をかいくぐって、祖先は航海してきたわけだよね。その意志がいまも生きているなら、宇宙に船出するのが筋ってもんじゃないかな」

「この軌道カタパルトとやらでか」

大統領が液晶画面を小突く。画面に白い縦筋が走った。

「お、なんだこれ」

「液晶が割れたんです。いえ、かまいませんから。それで、どうですか。宇宙に船出するって考えは。有人宇宙船が発着するようになったら、御国民は無料でお乗せしてもいいですよ」

「突飛な話だな」

「ここが約束の地だっていうのは事実なんですよ」

昶が言った。

「軌道カタパルトのための。赤道直下にあることや、年間を通して気候が穏やかなことが。地球上で、他に選択の余地はありません」

「気候なら近頃はそうでもないぞ。エルニーニョとやらでな」

「それも調べました。でも他の地域よりはずっと好適です。祖先はそれを予見していたと考えては。ここに住み着いたのは、いつか宇宙に船出するためだったと」

「あーあー」

「それとも、あなたの祖先は気候が穏やかだからここに安住したんでしょうか」

泉も畳みかけた。

「あーあー。ちょっと待ってくれ」

大統領は両手で押し戻すしぐさをした。

「たくさんしゃべったら疲れた。わしは昼寝する」

ACT・5

大統領は部屋を出ていき、まもなく隣室から大いびきが響いてきた。

泉はポーチに出て、デッキチェアに身を沈めた。雀のような鳥が庭に舞い降りて、なにかをついばんでいるのを眺める。

垣根の向こうの空で、大きな積乱雲が発達していた。

赤道収束帯といえども、上昇気流が起きればああいう雲はできるわけか。

そりゃそうだよな、と泉は独り合点した。

でなきゃ空や海が荒ぶる神であるはずがない。

昶が冷水を持ってやってきた。隣のデッキチェアに腰掛ける。

「第二次大戦、ここからも出兵してるんですね」

「そうなんだ」

「壁に写真がありました。ほんの数十人ですけど、イギリス軍人になったそうです」

「苦労して独立したんなら、そんな写真外しちゃえばいいのに」

「地中海で勇敢に戦った、みたいなことが書いてありました」

「ふうん」

しばらくして、昶が言った。

「折れますかね。大統領閣下は」

「さあ」

「脈はありそうな気がするんですけど。宇宙に船出する線で」

「どこまで行く気かな」

「どこまで？」

「宇宙旅行できるようになったらさ、ここの連中は」

「月とか、火星ですかね」

「そんなとこじゃ世界の果てだって思えないじゃん」

地球なら水平線の向こうは隠れて見えないけど、宇宙ならどこまでも見通せる。世界の果てを目指すときりがない。

「これ以上は無理だって思ったら、そこで定住するんじゃないですか。この島みたく」

「それもそうか」

二人は黙り込み、目を閉じた。

まどろんでいると、雨音が近づいてきて、庭を水浸しにした。

スコールはすぐに去り、馥郁（ふくいく）とした香りがたちこめた。

「おまえらの願い、聞き入れよう」

背後からの声に、二人は飛び上がった。大統領が立っていた。

「軌道カタパルトとやらを、ここにつなぐがいい」

「ほんとですか！」

「だが条件がある」

「なんでしょう」

「乗ってみないとわからん。最初にわしを乗せろ。それでわしらのためになると思ったら、続けてよい」

「はい」

「ためにならんと思ったら、よそに引いていくんだぞ」

「わかりました」

「ち、ちょっと！」

昶が目を丸くして袖を引く。

「いいんですか？　全部完成してからよそへ行けなんて言われたら。第六工場のときとはスケールが違うんですよ？」

「いいよ。作っちゃえばなんとかなるよ」

人類史上未曾有の大建築にしては、気まぐれな約束だったが、泉はそれでいいと思った。

「議会の承認は得られそうですか？」

「問題あるまい。こっちは一銭も出さんのだからな」

「そうですか。では承認が得られましたら正式に調印を」

「ああ」

泉は握手の手を差しのべた。大統領はぶっきらぼうに握り返した。

泉と昶は、大統領の気が変わらないうちに、官邸を後にした。

二週間後、計画はツハミ共和国議会で承認された。ふわふわ社は三つの島に宿舎と事務所を用意し、四百人のスタッフを派遣し、人類史上最大の建設工事にとりかかった。

完成予定は二年後。

だが九か月後、ある事件をきっかけに、大統領は考えを変えた。

第五章　スター・フォッグ

ACT・1

春の未明、東の地平に乙女座のα星スピカが昇ってくる頃、それはメルボルンのアマチュア天文家によって発見された。

晴れた夜、彼はきまって砂漠の入り口までフォードのバンを走らせる。そして愛用の反射望遠鏡を車から降ろし、東の空に向ける。

誰よりも早く、未発見の彗星を見つけるために。

彼は経験を積んだコメットハンターで、それを見たとき、ただちに球状星団のひとつと判断した。彗星には特有の、青みがかった色合いがある。いま視野にあるぼんやりした物体は無表情な白色を呈していた。

彼はほんの数秒、望遠鏡を止めただけで、すぐに走査を再開した。

心の片隅で、何かが警鐘を鳴らしていた。

あんなところに球状星団があったか？

あれが彗星であるはずはない。しかし……。

彼はいったん追い出したその天体を、再び視野に導入した。

星図と照合してみる。

ない。空のこの場所に、どんな星団も存在しない。少なくともこの望遠鏡で見えるほどの光度を持つものは。

彼は天体の位置をスケッチした。

薄明が始まる頃、もう一度同じ場所を見てみた。

それは動いていた。背景となる恒星との位置関係が変化している。

彼は新しい位置を記入すると、急いでバンの運転席に入った。ノートパソコンを開き、天文台あてのメールを書き、インターネットに接続する。

続く二十四時間以内に、パークス天文台とスペースガード観測衛星が相次いでその天体を追認した。経度の近い日本の観測家も同じ天体を報告していた。

まもなくそれは、二人の発見者の名をとってニコルソン・ハセガワ彗星と命名された。

視線速度はかなり大きかった。これは彗星がもう火星軌道の近くまで来ていることを示していた。輪郭は不鮮明だったが、背景よりいくらかでも淡くなった部分の直径は約八十万キロで、太陽のおよそ半分、地球の五十倍と見積もられた。これは彗星としてはごくあたりまえの大きさだった。

そのわりに暗い。このぶんでは肉眼で見えるほどの彗星にはならないだろうと予想された。発見者たちは大喜びしていたが、新聞種になるようなものではなかった。

それが奇妙なふるまいを見せるまでは。

時の人となった長谷川氏は連日ニュースショーにかり出され、説明を繰り返した。彼もアマチュア観測家で、天体力学の専門家ではなかったが、もちろん彗星にまつわる諸現象には通暁（つうぎょう）していた。

「質量がね、ものすごく小さいんですよ。たぶん」

「天体の動きには重力以外の効果、非重力効果というのがあって、彗星はそれが比較的大きいんです。太陽にあぶられて彗星核の上に噴泉ができると、それがロケットエンジンみたいに作用して軌道をわずかに――ほんのわずかですが変化させます。その変化の量が、ニコルソン・ハセガワ彗星は桁外れに大きいんです。しかもこの彗星には核が見あたりません。どんな彗星でも中心には固体の核があるんですが、それが見えなくて、背後の恒星が透けて見えるんです。私もニコルソンさんも第一印象は同じで、淡い球状星団だと思ったんです。ところが惑星のように太陽系の中を動いていた。でもあんなもやもやした塵の固まりみたいなものが、球状にまとまったまま存在するなんておかしいです。必ず細長く延びていくはずで」

「もしかして中心に見えないブラックホールみたいなものがあるんじゃないですか？」

アンカーマンが質問した。

「だとしたら降着円盤になるはずです。降着円盤っていうのは、土星の環みたいな平べったいものですね。天体のまわりに物を存在させるには――じっとしてると落ちてしまいますから――人工衛星みたいに周回させるしかありません。多数の粒子がでたらめに回っていると互いに衝突して淘汰されるんですが、いろいろあって、最後はひとつの平面にまとまるんです」

するとアンカーマンはさらに独創的な意見を述べて、長谷川氏を苦笑させた。

「円盤がたまたまこっちを向いているとか？」

「偶然を当てにするなら、ないとはいえませんけどね」

長谷川氏が事実上否定したにもかかわらず、新聞は「ブラックホール接近か!?」というセンセーショナルな見出しを掲げた。同じ現象はニコルソン氏の側でも生じていた。

宗教団体がこぞって声明を発表し、自称予言者たちがテレビを賑わし始めると、国際天文学会の回報は、いつになく人間味のある文体で「冷静になろう」と題する文章を掲げた。

冷静になろう。宇宙がそんなに面白いはずはない。少なくとも大衆紙が書き立てるようなものではないことを我々はよく知っているはずだ。

ニコルソン・ハセガワ彗星は、おそらく彗星核から放出された微細なダストの集合体だろう。彗星核そのものは消滅しているが、それはあり得ることだ。

ダストだけが太陽風にも押し流されずにまとまっているのは、粒が揃っているからにすぎない。なぜ粒が揃うのかはわからないが、風や川の流れが砂を粒径ごとにふるいわけるのはよくある話で、それが宇宙空間で起きても不思議ではない。たとえば彗星の尾は天然のクロマトグラフィーとして機能している。その一部を切り取って凝集（ぎょうしゅう）させれば、ニコルソン・ハセガワ彗星が説明できるのではないだろうか。

ジャック・ローレンツ　Ph.D　コーネル大学

このテキストは多くの新聞に転載され、いくらか理性的な反応を引き出した。

しかし電波天文台が巨大なパラボラアンテナを向けると、新たな騒動が引き起こされた。

野辺山宇宙電波観測所のミリ波アンテナが、「ニコルソン・ハセガワ彗星から二十二ギガヘルツの電波放射を観測した」と報告した。

一般大衆にとって、電波とは天然には存在しないものであり、音楽やメッセージや精神感応ビームを意味した。

実際には、その電波からはいかなる情報も取り出せなかった。しかし電波放射の強度は天然にはあり得ないもので、この頃には科学者たちも最後の可能性と真剣に取り組み始めた。現在のデジタル無線通信にはスペクトル拡散といわれる変調方式が広く応用されている。それは解読方法を知らない限り、ノイズと見分けがつかない。スペクトル拡散にはデータの暗号化以外にも有利な点があり、採用するのは地球人だけとは限らなかった。

ニコルソン・ハセガワ彗星は火星軌道を横切り、太陽との距離は一億七千万キロ――地球軌道のすぐ外側まで接近した。

彗星は猛烈といってもいいほどの減速をして、秒速三十三キロにまで速度を落としていた。これは地球の公転速度と大差なく、しかも後方から地球を追うかのような位置にあった。

いつもならピンポイントで位置を予報してみせる各地の天文台職員は、すでに軌道力学をこの天体に適用することを放棄し、かわりに台風さながらの予報円（球）を表示していた。地球との距離はまだ四千万キロあったが、どんな見積もりでも地球はその円内に含まれていた。

それは「スター・フォッグ」と呼ばれるようになり、肉眼でも淡い星雲状の物体として見えるようになった。見かけの直径は満月の倍もあった。精密なライダー観測から、個々の粒子は直径一ミリ以下で、鏡のような平面を持っていることが予想された。

もはや最も保守的な天文学者でさえ、それが異星文明の乗物であることを否定しなくなった。

有史以来初めて、人類は異星人の訪問を受けるのだろうか。

目的は何か。友好か、侵略か。

人類の関心が最高潮にさしかかったとき、スター・フォッグは疑問の余地なく明瞭なメッセージを発し始めた。

それはMPEGフォーマットで圧縮された音声と画像のストリームだった。

二十二・三ギガヘルツを起点として等間隔に三十二のチャンネルが現れ、チャンネルごとに設定された各国の言語で「こんにちは、みなさん」と澄んだ声が流れた。

一辺五百十二ピクセルの画像を再生すると、地球人女性の姿が現れた。

英語チャンネルに登場したのはチアガールを思わせる健康的なブロンド娘だった。

日本語チャンネルでは黒髪の少女だった。もちろん合成画像にちがいない。少女は鈴の転がるような声でこう言った。

「私はコミュニケーション用の模造体(シミュラクラ)です。霧子とお呼びください。スター・フォッグにちなんだ日本語名を設定しました。VHF以上の放送電波ならひととおり傍受していますので、ご自由にお話しできます。回答は集約の上、このチャンネルで行います」

スター・フォッグは月軌道の外側、半径五十万キロの周回軌道に乗った。直径は月の半分ほどに収縮していたが、まもなく形を変えはじめ、やがて地球をとりまく切れ目のない円環になった。

地球や月の軌道はまったく変化しなかった。スター・フォッグの質量はきわめて小さく、もちろんブラックホールなど存在しなかった。

各国の番組編成は、ニュースを除けばすべて一変した。

それは広域災害時の安否確認に似た構成で、視聴者からのメッセージを可能な限り多くとりあげた。もちろん相手はスター・フォッグだった。

内容面の検閲や国際的合意の必要を叫ぶ者もいたが、実現は不可能だった。スター・フォッグの採用した対話方式は宇宙版の聖徳太子といってよく、放送事業者たちは「相手の希望に応えるべきだ」と主張して各個に放送を開始した。各国ごとの言語と、好感を持たれるキャラクターをここまで理解しているからには、人類の恥ずべき歴史も先刻承知だろう。

その番組は、英語圏では「Talk with Foggy」、日本の民放局では「霧子ちゃんと語ろう」と題された。

ACT・2

――君はどこから来たのか？

(回答二)　最後に立ち寄った恒星は、皆さんの恒星カタログには記載されていません。赤経十四時三十三分五十八分、赤緯マイナス五十度四分十一秒、太陽系より三・九二光年の距離にある褐色矮星です。(半径百光年の移動経路図)

――君たちの種族の名は？

(回答四)　皆さんの聴覚では再現できません。記号化表現は以下の通りです。(画像)

――君は宇宙に出てどれくらい経つか？

(回答二三)　四億三千七百万年になります。

——君の仲間はどこにいるか？

（回答三七）　銀河中どこにでもいます。

——君は探査ロボットの一種か。それとも異星生命そのものか。

（回答四一）　後者です。

——君の身体や代謝機構について詳しく教えてほしい。

（回答五五）　詳細にはお答えできませんが、私の生命活動に要するのは光子だけです。ハードウェアのユニットは直径十マイクロメートルで、皆さんの肉体に比べれば非常に小型です。老化や死は事実上存在しません。地球周回軌道に存在するユニットは現在三・二×十の十五乗個あり、恒星の輻射圧で自由に移動でき、相互に連携し、並列動作しています。

——君は単一の自我を持つ存在なのか。それとも集合知性のようなものか。

（回答五九）　自我について、皆さんは統一した定義をお持ちでないようです。混乱を避けるため、これには回答しないでおきましょう。現在地球をとりまいている全ユニットの主体は単一の人格に統合されています。

――宇宙に我々と君以外に知性体はいるのか？

(回答六二)　これまでに七千八百三十四種と接触しています。

――君の種族はどのように進化したか？　かつては有機質の肉体を持っていたのか。

(回答六四)　みなさんと同様、有機体として発生しました。その後、技術文明を持ってから肉体を捨て、現在の形態になりました。

――君は宗教をどう考えるか？

(回答七七)　地球人の宗教については、倫理規範を説明するための寓話の集成、あるいは未確認事項の暫定的な穴埋めと判断しています。私たちは宗教を持ちません。

――君たちの発生史を通して、宗教は存在しなかったのか。

(回答一〇四)　一度も発生しませんでした。

――君たちは芸術を理解するか？

(回答二〇一)　理解します。それは知的活動を高度に包括した創作物で、他の個体に一定の情動を喚起し、共有するものです。

——君たちは戦争を経験したか？

（回答四四〇） 有機体であった頃にはしました。生態系に依存した生命には当然の行動です。

——他の個体への愛を持つか？

（回答七四三） 生理現象としての愛は有機体であった頃に存在しました。ある存在の継続を願う意志を愛と定義するなら、それは現在も存在します。

——インテルサット104号のトランスポンダ32から45までを君への送信にあてたい。サイドローブを受信できるか。

（回答二〇八九） 明瞭に受信できます。お好きな圧縮フォーマットでどうぞ。

——君のメールアドレスをstarfog@space、URLをwwwzzz.starfog.spaceと設定した。十二テラバイトの領域を用意したので、アカウントを取得して随時ファイル転送してほしい。

(回答三四八〇九)　ありがとうございます。いま百七十五か国語でウェブサイトを開設しました。権利保護されたデータ・フォーマットの使用許諾をいただけるとうれしいのですが。

――君のシミュラクラに対して不快感を表明する団体があるが、対処できるか。

(回答四九五八〇八)　不快感を与えたことをお詫びします。このシミュラクラは円滑な交流をはかるため統計的に選択したもので、他意はありません。別表のとおり、民族・言語ごとに五十通りの容姿をもつ男女について四歳から百十歳までのシミュラクラを用意しました。お好きなチャンネルでご利用ください。

――俺はいまの君が好きだ。ずっとそのままでいてくれ、霧子。

(回答三四五八〇〇三)　ありがとう。私もあなたが好きです。左右対称の容姿が。

――大統一理論(GUT)が完成しているなら教えてくれ。

(回答四九五九五三八)　残念ですが、説明できない理由により、その情報はお伝えできません。

――リーマン予想の証明もだめか。

(回答五九五五八三九) 次のファイルにアクセスしてください。

http://wwwzzz.starfog.space/25/046603/5955839.htm
――ヌードを見せてくれ。

(回答七九五〇四七三八三) 個別に送付しますのでメールアドレスとご希望のフォーマットをお知らせください。

――結婚して。

(回答八九七〇四九五六九) プラトニックな関係でよろしければ。

ACT・3

質問のモラルは時とともに低下していったが、有意義な対話も少しはあった。スター・フォッグは詳しく明かそうとしなかったが、彼らの宇宙進出はおおむねこのようなステップを踏んでいた。

（1）個体ごとに自己を情報化する。それはデータとして保存でき、特殊なマイクロチップ上で運用できる。
（2）自己増殖可能な移動体ユニットを構築し、そこに自己をロードして、低速で恒星間空間に乗り出す。スター・フォッグを構成する粒子がそれにあたる。
（3）恒星系に到着したら、移動体の一部を使ってデータ中継施設を設置する。施設は恒星間ネットワークに組み入れられる。
（4）移動体は次の星系をめざす。
（5）個体は移動体にとどまってもいいし、自己を複製してネットワーク上を移動してもよい。

肉体を持ったまま宇宙飛行をしないのか？　という問いには「そんな不経済は検討にも値しません」という回答が返ってきた。

地球人の自己を情報化する方法を尋ねると、「答えられません」という返事だった。

そして。


――地球を訪れたのは初めてか？

（回答一二五九九三八五二四）過去数千回のフライバイが記録されています。

——過去の地球の情報を教えてほしい。

(回答一二七四八九〇三四五)　いま取り寄せ中です。

——いつ届くか?

(回答一二八九三九五八五二)　早くても四万年後になります。

——光速度を超える情報伝達はできないのか?

(回答一三五四九六八三五九)　不可能です。

——そちらのネットワークに加入したい。

(回答一三七八九三四九〇五)　わかりました。幹線ノードより識別コードと暗証番号を取り寄せます。

——幹線ノードから応答がくるのはいつか?

(回答一四九五六〇〇三三二)　早くても四万年後になります。

突然の終焉だった。

回答一四九五六〇〇三三二から二秒後、スター・フォッグは一切の送信をやめた。

全世界に満ちていたシミュラクラは一斉に姿を消し、ウェブサイトの更新も止まった。

あんなに饒舌だったのに、別れの言葉もなかった。

地球を取り巻いていた円環はひとつに集結し、地球引力圏を離脱、ついで太陽の引力も振り切ってカシオペア座の方角に加速を続けた。

加速はゆるやかなものだったが、追跡は不可能だったし、対話は二度と甦らなかった。

人類にもとの日常が訪れるまで、それから三か月を要した。

それは人類文明のあらゆる局面に打撃を与え、ふわふわ社も影響をまぬがれなかった。

カチメロ大統領から社長室への直通電話がかかってきたのは、スター・フォッグが消えて五日後のこと。

「はーい、浅倉泉です」

『わしだ』

「ああ、大統領。どうもです」

視察のことかな、と泉は思った。

『あれだがな、やめにせんか』

「あれ？　プラットホームの視察ですか？」

『ちがうちがう。軌道カタパルトの建設をやめにせんかと言っとるのだ』

「へ……？」

泉は耳を疑った。

「だって、まだ第一橋脚もできてないのに」

『やめるなら早いほうがいいだろ』

「なんでそんな、急に」

『無駄だとわかったからだ。ホグエラがそう言った』

「ホグエラ？」

ACT・4

一行はマイクロバスの中で、スコールが去るのを待った。

陽光は十分ほどで戻った。

一群の積雲が幕を引くように流れて、それは姿を現した。

どんな雲よりも五倍も高い空に静止する、青白く輝く巨大な逆円錐。

第一橋脚のプラットホームが形をなしてからもう一か月も経つのに、この光景に慣れるのは難しかった。空間を不条理に切り取ったダリの絵のようでもあり、事実、少なからぬ者が悪夢にうなされていた。高度五十キロの空に地上から見える大きさの物体が定位するなど、人類は空想の中でしか知らなかったのだから。

純白の逆円錐は八本の支索で係留されているはずだが、かろうじて見えるのは海上ステーションとの間に張られた作業用エレベーター・シャフトだけだった。

シャフトの途中、高度三十五キロ地点にステージ35が浮かんでいる。巨大なドーナツ型の無人工場は、上空のアイスクリーム・コーンに比べれば干し葡萄ほどにしか見えない。

そのステージ35を建設した空中工場、ステージ20はすでに役目を終え、二四〇キロ東方の第四橋脚に移動している。

かわって出現したのは、橋脚の円材を作るための全長十八キロの空中治具だった。その上端は高度二十キロ地点にあり、稼働が始まれば四日おきに巨大な円材を吐き出すはずだった。直径百メートル、全長十七キロにして厚さは一メートルという紙のように薄い円材は、治具とともに慎重に運ばれ、プラットホームの上でトラス構造に組み上げられる。

並行してプラットホーム内部への超ふわふわ球の充填も進むので、浮力は維持される。

これだけの大工事が、ひとつの橋脚あたりわずか二百人の鳶職人で進められている。

そこにあるのは幻想の巨人の国、あらゆるものにふわふわ一万倍の法則が適用された空の王国だった。

ヘリコプターのタービンエンジンが低いうなりをあげて始動した。ローターがゆっくりと回転しはじめる。

「さあ、行きましょう」

泉はカチメロ大統領に声をかけた。

大統領はマイクロバスの座席を二人ぶん占領したまま、じっとしていた。

それから、のろのろと動き始めた。

「どうしちゃったんですか」

「気が乗らんのだ」

「もしかしてあれですか、高所——」

「ツハミの男が高さを恐れたりするか」

「じゃあなんで。ホグエラがどうとか言ってたけど」

「そうだ。ホグエラの話じゃ、人が宇宙に出ていってもだめだっていう」

ホグエラはスター・フォッグのツハミ語圏での呼称だった。

「そんなことは言ってなかったでしょ」

「人ってのは体ってことだ。宇宙旅行するなら、まず自己を情報化しなきゃだめだとホグエラは言った。いまのままで宇宙に出ていこうなんて考えてるのはわしら地球人だけだっていうじゃないか」

「だけど自己の情報化なんて雲をつかむような話だし」

「肉体を連れて出かけるなんぞ、話にならんぐらい不経済と言ってたぞ」

「私たちの軌道カタパルトは圧倒的に経済的ですよ。そりゃ建設には費用がかかるけど、運転コストはうそみたいに低くて」

「それも低軌道までだろ」

「低軌道までタダ同然で行ければ、月や火星は楽勝ですって」

「わしらが目指すのは星の世界だ。わしは議会と国民にそう約束した」

大統領は惑星（planet）ではなく星（star）と言った。それは恒星を意味し、最も近いものでも約四光年離れている。惑星間を飛行する宇宙船の速度なら、少なくとも二万年かかる距離だ。

　速度を百倍にしても二百年かかる。数世代を宇宙船の中で生存させるか、あるいは夢物語に近い冷凍睡眠を実現しないとだめだ。いずれにせよ宇宙船は小さな都市ほどの規模になるし、内蔵するエネルギーは地球を吹き飛ばすほどになるだろう。

　スター・フォッグの文明が採用した方式なら、宇宙船は芥子粒（けしつぶ）のようなサイズですむ。太陽電池を兼ねた光帆が推進力を生み、マイクロチップを作動させる。搭乗員の意識は情報化されてそのチップ上で動作する。退屈ならタイマーをセットして到着まで眠っていられる。スピードはいくら遅くてもかまわない。たとえ百万年かかろうが平気だ。もし人類が肉体を捨て、自己を情報化できたら、もはや宇宙飛行に大した投資はいらない。現在のロケットでも一度に数万人を星の世界に送り出すことができるし、最初のグループが目的地に到着して中継装置を設置すれば、あとは電送人間のように無線を使って行き来できる。

「だのに肉体を連れていってみろ。とんでもない回り道をしたあげく、後から来た連中に追い越されるだけだ。指導者としてそれは許されん」

人類の宇宙進出のための夢の架け橋と期待された軌道カタパルトは、スター・フォッグのもたらした知識のために、完成を待たずして時代遅れになろうとしている。カチメロ大統領は見かけよりずっと目端の利く人物で、そのことをよく理解していたのだった。

「でもさ、自己の情報化なんてそう簡単にできないでしょう。あと百年か、二百年か、もっとかかるかも」

「待つさ。わしらはこの地に来て二千年になるのだぞ」

「じゃあ間違いだったんだ。あのシナリオは」

泉は高飛車に言った。

「なんのことだ」

「ツハミ族の祖先がここに来たのは、宇宙への架け橋を建設するためじゃなかった。ここは約束の地でもなんでもなかった」

「いや……それはそもそもお前が吹き込んだ話であって……」

「でも議会で大見得(おおみえ)切ったんだよね、大統領は。『我が一族は世界の果てへの旅を再開する』って。それ撤回するの？」

「そうもいかんが」

「じゃあやる気になってよ！　契約したんだから、工事は終わりまでやるよ。大統領も視察くらいまめにやる！　ほらほら勤勉に！」

泉は大統領の腕をひっぱった。

巨体がのろのろと腰を上げた。


泉、昶、大統領を乗せたヘリコプターは第一橋脚直下にある海上ステーションに向かった。それは鉄骨を組み上げた、オイルリグそっくりの構造物だった。一辺が百メートルの正方形をしており、四本の太い脚が海中に突き刺さっている。脚は水深二百メートルの海底までは届かず、多数のアンカーで支えた浮体構造物だった。

ヘリポートに着陸する。一行は橋脚直下のエレベーターに向かった。

エレベーターというより垂直のロープウェイと呼ぶべきだろうか。五十キロ上空のプラットホームとここをつなぐのは幅五センチ、厚さ〇・一ミリのリボンで、十四メートルの間隔をおいて四本、正方形に配置されている。リボンは樹脂コーティングされたふわふわストリングの束で、これ一本で駆逐艦を一隻宙づりにするほどの強度があった。

「触っていいのか」

大統領がいつになく遠慮がちに言った。

「どうぞ。縁で指を切らないように」

太い指がリボンの表面を押した。それから爪ではじいた。カン、カンと乾いた音がした。

大統領は真上を見上げた。四本のリボンがはるか上空で一点に交わっていた。リボンの外側に、ステージ35の底と空中治具が小さく見える。

泉と昶は辛抱強く待っていた。大統領が首の痛みに耐えかねて我に返ると、そこでエレベーターに案内した。

エレベーターは消火器を思わせる円筒形の圧力容器で、鮮やかなオレンジに塗装されていた。中心軸にリボンが貫通している。キャビンは真空環境に耐える造りになっており、半球形に膨らんだバブルウインドウの窓枠や昇降ハッチに重厚な構造が見て取れた。キャビンの上部には駆動モーターと燃料電池があり、装置全体を黒い放熱フィンが取り巻いていた。

昶が大統領にクリップボードを差し出す。

「形式上の手続きですが、このエレベーターは作業用のもので、一般乗客を乗せる安全性は保証していません。本人の同意を示すサインをお願いします」

「ここまで引っ張ってきて、そうくるか」

「引き返してもかまいませんけど」

「いまさら戻れるか」

大統領は乱暴にサインした。

「さあ、さっさとそいつに乗せろ」

三人は待機室でプレッシャースーツに着替えた。エレベーターは予圧されているが、緊急時に備えたものだった。

スーツの気密をチェックして、エレベーターに入る。

内部にはなんの装飾もなかった。キャビンは三階建てで、六人が円周にそって着席する。

一階には小さなトイレと洗面台、無線機があった。

「運転手はいないのか」

「無駄ですから」

「故障したらどうする」

「残り三機が救援に駆けつけます」

「あの紐が切れたら」

「上下のリボンを爆破ボルトで切断して、キャビンごとパラシュート降下します」

「面白そうだな」

大統領はむっつりと言った。

全員が着席すると、泉は肘掛けの発進ボタンを押した。

エレベーターは音もなく上昇しはじめた。

速度計はみるみるうちに時速百キロに達し、そこで安定した。

湾曲したL字型の環礁が遠ざかり、隣のナクアウ島が見えてくる。積雲の層を抜けると、さらにベラウ、タワマノ、ハルといった島々が水平線に姿を現した。

大統領は席から腰を浮かせてバブルウインドウに頭を突っ込み、刻々と広がる展望に見入った。

ステージ35の円環体をくぐり抜けてまもなく、エレベーターは中間圏プラットホームの内部を貫通するトンネルに入り、視界は奪われた。

トンネルを十五キロ上昇すると、そこが現在の終着駅だった。周囲は照明されていたが、壁に囲まれている。

外から重い音が響いてきた。

「なんだ」

「搭乗ゲートが結合したんです」

昶が言った。

「気密をチェックするまで、少々お待ちください。バイザーは上げたままで結構です」

グリーンのランプが点灯すると、昶はハッチを開いた。

外は床だけが平らになった、トンネル状の通路だった。

数メートル先に螺旋階段があり、そこに四方からトンネルが集まっていた。

「その階段をお上がりください。どうぞお先に」

大統領はいぶかしげな顔を見せたが、黙って昶の言葉に従った。

そして階段を登りきったところで、「がおお！」と奇声を上げた。

ツハミ族の驚きの声だった。

そこは直径四メートルの、透明なプレキシガラスのドームだった。

現在の高度は五十二キロ。展望台は直径三・八キロの半球の頂上から、さらに三十メートルほど登ったところにあった。

半球の白い地平線の向こうに、紺碧の大洋が広がっていた。陸地はすぐに見つけられない。なにより優勢なのは雲の連なりで、その下に緑のペイントを流したような珊瑚礁の浅瀬が点々と散らばっている。

珊瑚礁の中に、いまにも海に沈みそうな切れ切れの環があり、それがツハミ諸島のすべてだった。

水平線の上に薄く積もったコバルトブルーの大気はちょうど目の高さで終わっていた。

上方には黒に近い紫紺の空がある。

「もう宇宙じゃないか」

泉はうなずいた。

「九十九・九九……いくつだったかな。とにかく大気の大部分はここより下にあるんです」

大統領は頭上を見上げ、純白に輝く太陽の光芒に手をかざして影を作った。

「あれ、星か」

「金星です」

「こんな昼間にか」

「宇宙ですから。夜に来るとすごいですよ。島の夜空もきれいだけど、ここだともっとくっきりとした感じに見えるから」

六十キロ東方に、第二橋脚のプラットホームがこちらとそっくり同じ形で浮かんでいる。その下方にステージ35。そしてナクアウ島。

「どうです、大統領？　この眺めを手に入れた感想は」

「どうって……なあ」

「空の神様と海の神様は途中のどこかで喧嘩してた？」

「そんなものは見なかったがな」

「あと五十キロ。橋脚ができれば星の世界に手が届くんです。自己の情報化なんて、いつできるかわかんないもの待つより、いまやれることをやろうって思いませんか」

「忙しいやつらだな」

大統領は不機嫌に言った。

「おまえらが来てから、仕事が増える一方だ。なにかってえと『いますぐ』だ」

「船出の前は忙しいもんですよ。それでどうします。船出は延期？」

「あーあー、待て待て。わしは疲れた。帰って昼寝してから——」

「いますぐ決めて」

「やりたきゃ勝手にしろ！　わしが中止を言い出したのは、やめるなら早いほうがいいと思ったからだ。初飛行でわしが承認しなかったら、大損するのはお前らだからな。いいんだな？」

「いいですよ。宇宙に行けば、大統領だって気が変わるから。絶対」

「そうかい。そりゃ楽しみだな」

第六章　初飛行

ACT・1

着工から二年あまり。

泉が二十二歳の誕生日を迎えた翌日、軌道カタパルトはふわふわっと完成した。

かなり意外なことに、無人機によるテスト飛行は完璧だった。

カタパルトをとびたったテスト機は軌道を半周したところで小さなロケットエンジンを噴射し、高度四百キロの円軌道に乗った。そして地球を十四周したあと、軌道を離脱してどんぴしゃりの精度で第一橋脚に進入し、千キロを滑走して停止した。

発進時に投入した電力の六十一パーセントが回収され、泉は「次回の切符は六割引にしようかな」とコメントして世界の喝采を浴びた。

カタパルトの実現にずっと懐疑的だったNASAは態度をひるがえし、軌道傾斜角五十一度の第二カタパルトの建造を打診してきた。軌道傾斜角とは赤道に対する軌道面の傾斜角度のことで、国際宇宙ステーション（ISS）は五十一度を採用していた。打ち上げの段階で軌道傾斜角を一致させない限りISSとのランデヴーは不可能だから、NASAがこの〝第二滑走路〟を欲しがるのは当然のことだった。

泉は昶と相談の上、「前向きに検討する」と回答した。それより赤道軌道に新しいステーションを打ち上げたほうが安上がりだと思ったが、高い軌道傾斜角には利点もあり、社内でも検討していたところだった。

この二年間でツハミ諸島はすっかり賑やかになっていた。

六万五千人の総人口が八万八千人に膨れ上がったのは、ひとえに軌道カタパルトの効果だった。中間圏に橋脚が並び始めて、「ふわふわ社は本気だ」とわかると、どこからともなく気球や飛行船がやってきて、島に錨（いかり）を降ろすようになった。

その多くがツハミ共和国への帰化を望んだ。国民になればタダ同然で宇宙に行けるという噂が流れているせいだった。ふわふわ社も大統領も、明確な表現は避けていたが、「平均的な所得を持つツハミ国民なら、誰でも宇宙に行けるよう、はからいたい」と言明していた。

ほとんど現金収入がなくても生きていける国だから、平均的な年間所得は日本円にして四万円たらずだった。

人口が増えたせいで物価が上昇し、もともとの国民が相対的に貧しくなってゆく問題が芽生えかけていたが、人口増加率の割には緩慢な変化だったため、いまのところ移民を規制する方針は打ち出していない。

それというのも移民の多くは空中居住者で、あらかじめ土地と住居と高度なリサイクル技術を持っていたためだった。ツハミ諸島の陸地面積はおそろしく小さかったが、おかげで住宅問題も発生していない。

首都のあるツマアッ島の沖には、最初の空中農場が建造されていた。

橋脚の工事が終わりに近づき、ふわふわの余剰生産力を利用したものだったが、その職員にかつて空中コミューンで知り合ったヤニがいたのを知って、泉は嬉しく思った。久しぶりにクラウスのウェブサイトにアクセスしてみると、彼も新たな飛行船を入手してツハミに紛れ込んでいたことがわかった。しぶとい連中だった。

泉はクラウスに電話してみた。

「定住生活はしないんじゃなかったの？　中国に強制着陸させられて懲りた？」

『懲りちゃいないし定住するつもりもないよ。この島は仮の宿なんだ。そうだろう？』

そうだろうとはなんだろう？　泉はすぐに理解できなかった。

「あー、つまりなにか、ツハミ族といっしょにあなたも世界の果てをめざすわけ？」

『そうさ。一国まるごと地球脱出しようなんて言い出すのはツハミくらいのもんだよ。いかす国じゃないか』

「でもさ、宇宙で暮らすのって大変らしいよ。カタパルトを作り始めた時は私も知らなかったけど、缶詰みたいな狭苦しいところで悪臭や騒音もすごいんだって。宇宙服だって、やたら重苦しいし」

　この三か月あまり、泉、昶、カチメロ大統領の三人は、ＮＡＳＡのジョンソン宇宙センターで宇宙活動の特訓を受けていたのだった。初の有人飛行はこの三人で飛ぶ。社内では社長か専務のどちらかを、できれば両方残してくれという声が強かったが、泉は無視した。

『だけどいつかのスピーチで、努力には二種類あると君は言ったよ』

　クラウスは言った。して楽しい努力と楽しくない努力。

『それにこれからは宇宙生活もずっと改善されるだろう。放射線シールドも厚くできるし、無重力の問題も克服できるはずだ』

「だといいね」

『君の初飛行を楽しみにしてるよ』

　それはもう翌日に迫っていた。

ACT・2

第一回有人飛行テスト当日。

海上ステーションのまわりは大統領の初飛行を祝う無数のアウトリガー・カヌーが取り囲んで、建国以来のお祭り騒ぎになっていた。

ヘリコプターで到着した三人は、海面から届く万雷の歓声に送られてエレベーターに乗り込んだ。エレベーターはこれまでどおりの質素なものだったが、最高速度は時速百四十キロにパワーアップしていた。

気密ハッチを閉め、終点「カタパルト西口」のボタンを押す。

このバス停のような名前を決めたのは泉だった。昶は「第一地球港」にすべきだと強く主張したが、泉は「ふわふわ度が足りない」と一蹴した。ふわふわ粒子が真空であるがごとく、なにごとも気の抜けたムードでいくべし、が泉のモットーだった。

「いよいよですけど、なにかコメントありませんか、大統領」

動き始めたエレベーターの中で、昶が尋ねた。

大統領は例によって広がりゆく展望に見入っていた。バブルウインドウから頭を出そうともせず、

「いい天気だ」

とだけ言った。昶はそれで満足したようだった。

「泉さんは？」

「エレベーターからマスコミを閉め出すのにあんなに苦労したってのに、なんでレポーターの真似事するわけ？」

「回想録を書くんですよ」

泉は鼻で笑った。

「じゃあ言ってやろう。『人がゴミのよーだ』」

「却下。もっとこう、らしいやつを」

「そろそろ西口か」

「それ採用です」

終点までわずか二十五分。

エレベーターは高度九十六キロのカタパルト西口に到着した。

蛇腹式のドッキングポートが結合し、三人はエレベーターから飛行準備室に移動した。

そこは四線あるエレベーターから人や貨物を上げ下ろしするための空間だった。貨物用のエレベーターからカタパルトまでは天井にレールとホイストがあり、重量物を懸架できる。

「いらっしゃい。いよいよですね」

西口の管理主任が出迎えた。

「お、きれいに掃除したんだ」

「歴史に残る飛行ですから」

「感心感心」

三人は更衣室に入り、NASAと共同開発した宇宙服の着用にかかった。

まず、仕切りに隠れてスパゲッティ・スーツと呼ばれる水冷下着を装着する。これはその名のとおり、生地の全面に冷却水を循環させるチューブが這っていた。真空環境は魔法瓶と同じで、保温が良すぎる。そのためにこうして積極的に冷却するのだった。

それから作業員にアシストされて甲冑（かっちゅう）のような宇宙服を装着した。

台車に保持された下半身に腰から下を入れ、ついで上半身をかぶせられる。

ヘルメット内のスイッチを舌で押すと、右目の前に透過ディスプレイが降りてきて、各部の状態を表示した。

「温度、湿度、酸素分圧、電流――すべて異常なし」

『両腕をテストしてください』

インカムで作業員が指示する。

言われたとおりに屈伸させる。

「異常なし」

次いで両脚と腰部の回転。すべて異常なし。

昶と大統領も点検を終えた。

訓練を通して見慣れた光景だったが、大統領の宇宙服姿はちょっとした壮観だった。

ＮＡＳＡはせめてスペースシャトルの搭乗基準に合致するまでダイエットすることを勧めたが、大統領は聞く耳を持たなかった。

『宇宙で暮らすようになったら、もっと丸くなってやる』

大統領はそう言って、超Ｌサイズの宇宙服を要求した。

宇宙服はゼロ・プリブリージング・スーツ（ZPS）と呼ばれるタイプで、着用すればすぐ真空環境に出られた。

泉も知らなかったのだが、これまでの宇宙服は使用前に数時間から十数時間に及ぶ予備呼吸が必要だった。それは構造上、宇宙服内部の気圧が低いためで、いきなりその環境に移行すると潜水病にかかるのだった。予備呼吸の間は酸素だけを呼吸して血液中から窒素を追い出す。

ＺＰＳは内圧が比較的高いため、予備呼吸の必要がない。甲冑のような剛体の殻は、ふわふわストリングを芯にした複合材で軽く強靭に成形されている。

それでも生命維持装置を収めたバックパックを背負うと、総重量は三十キロ以上になった。三人は作業員とともに特製の台車に乗って移動し、短いエレベーターを通り、エアロックを通ってプラットホームに出た。

真空に、一歩踏み出す。

「がおお！」

ここに来るのは六度目だったが、大統領はそんな声を上げた。

そこは宇宙空間に露出した正三角形の土地だった。それぞれの頂点に、はるか下界から積み上げられてきた巨大な円柱が接している。

円柱は四キロ上方でひとつにまとまり、そこからリニアレールを支える主ケーブルが東方に延びていた。それと釣り合いを取るように、西には海面まで達する支索が延びている。

太陽からの本物の直射光に照らされた部材は、まばゆい純白に輝いていた。明暗のコントラストは著しかったが、影の部分は漆黒ではなく、周囲の部材と眼下の地球の照り返しを浴びて青白く光っている。

欧米人には天を支えるアトラス像、あるいはアポロ神殿の列柱を想起させるらしい。先月取材に来たナショナル・ジオグラフィックの記者は、記事に「神に謁見する場所」というタイトルをつけていた。

プラットホームの中央には、平坦なリニアドリーが横たわっていた。ドリーは全長五百メートルのリニアモーターカーだが、フィルム状のコイルとふわふわケーキの桁材で構成されており、おそろしく軽量だった。

ドリーの中央には宇宙船を乗せたペイロードベイがあり、台座の脇には関節のついたガイドアームが折り畳まれていた。

その宇宙船、「さわさわ号」という脱力するような船名は、例によって泉が与えた。ツマアツ島の海岸で名前を考えていたら、椰子の葉がさわさわ鳴った、それだけの由来だった。

さわさわ号はオープンカーのようなボディを持っており、宇宙に露出したくぼみに三人横並びで腰掛ける。希薄な空気原子との衝突を避けるために、簡単な風防がついていたが、これは絶対に必要というわけではなかった。

ボディの四周(ししゅう)には姿勢制御用エンジン(RCS)がある。エンジンは合計二十四基あり、一個の噴射ノズルは万年筆ほどの太さしかない。

後部にはそれとは別の、人間の腿くらいあるロケットエンジンが二基ついていた。これは軌道変更エンジン(OMS)と呼ばれ、カタパルトを飛び立って地球を半周したところで噴射する。それでさわさわ号は高度四百キロの円軌道に乗る。もしこの噴射に失敗したら、地球を一周してカタパルトのすぐそばに戻ってくる。完全に同じ場所ではなく、北側に三キロずれた位置に戻る設計だった。

「これは二つの意味で安全対策なんです」

技術主任はそう言ったものだった。

「もしOMSが両方故障して軌道に乗れなくても、RCSだけでカタパルトに着陸できます。しかしRCSも故障していたら、帰還は望めません。そうなったときカタパルトに衝突すると大損害ですから、あらかじめ投射弾道の傾斜角を精密にずらしておくわけです」

泉はなるほどと思ったが、自分が投射される番になるとあまりいい気持ちはしなかった。もし両系統のエンジンが故障したら、カタパルトのすぐ横を通って大気圏に突入して燃え尽きるのだ。

ケチらずに大気圏突入が可能な船体を造るべきだったろうか。いずれ大勢の旅客を運ぶようになったら、たぶんそんな設計になるだろう。しかしこのテスト飛行でそんな浪費をする気にはなれなかった。

さわさわ号にはRCSもOMSも二系統あり、燃料タンクも独立している。燃料はモノメチルヒドラジンと四酸化二窒素（NTO）で、有毒で腐食性・爆発性があるものの、過去五十年にわたって使われてきたものだ。常温常圧で扱えるうえ着火も容易なので、まず確実に動作する。

このままでも十分に安全なのに、さらに大気圏突入可能な船体にしたら開発に何年もかかるだろう。外見がスペースシャトルに似てくるのも嫌だった。軌道カタパルトを使えば、シャトルが抱えている巨大な外部燃料タンクも危険な固体ロケットブースターも、重量のかさむ翼も車輪も耐熱タイルもいらない。そのことをアピールしたかった。

さわさわ号に乗り込む前、泉はレールのきわに立ち止まって東方に目を向けた。

六十キロ間隔で整列した橋脚と、起伏する主ケーブル、その下に完全な水平を保って吊されたリニアレールの橋桁が、夢のようなパースペクティブを描いている。主ケーブルと橋桁を結ぶハープの弦のようなケーブルは、肉眼ではまったく見えなかった。

この位置では、橋桁自身の地平線はたった六キロ先でしかない。その先は地球の丸みにそって下方にカーブしており、ずっと遠方の橋脚頂上と接して見えた。

宇宙空間とはいえ、下界の展望は半径八百キロの範囲に限られていた。カタパルト終端の第二十橋脚は視野の中にあるはずだが、前景にまぎれて見分けられない。

西側に体を回すと、こちらの橋桁は三百メートル先で唐突に終わっていた。

末端にはレーザー誘導装置があり、帰還した宇宙船を正確に誘導する。

秒速七・八キロで進入してくる宇宙船が二メートルの誤差しか許されないのは身の毛のよだつような話だった。カタパルト側の要所には万一の衝突に備えて複合装甲が施されているが、もちろん乗組員はひとたまりもない。

しかし実際には、帰還する宇宙船は五千キロも手前からＧＰＳとレーザーを使って誘導されており、トラブルが生じたら側方をフライパスしてやりなおすこともできた。

宇宙船が正しく進入すると、それに歩調を合わせて、待機していたドリーが三十Gという猛加速で発進する。

百キロ先、第三橋脚の手前で宇宙船とドリーはランデヴーする。ドリーは宇宙船の直下を併走しながらガイドアームを延ばす。アームが宇宙船をつかんで台車に固定すると、三Gの減速が始まる。

五分後、第二十橋脚の手前で完全に停止したあとは、十数分にわたって次々と押し寄せる〝カタパルト地震〟がおさまるのを待つ。これは強大なGを受けたカタパルトが東西に伸縮する波動で、停止していれば危険はないし、走行中は橋桁の音速よりもドリーのほうが速いので問題にならない。

地震が収まった後、宇宙船を乗せたドリーは時速八百キロでのんびりと西ロに戻る。かつて祀が夢見た三十分間隔の発着は不可能だったが、それでも二時間待てば次の準備が整った。月に一度程度の打ち上げしかできないスペースシャトルに比べれば、文句なしの勝利といえるだろう。


「泉さん、行きますよ」

祀がさわさわ号の中で手招きしていた。

「うん」

泉はラッタルの手すりをつたうようにして、中央席に体を沈めた。

続いてカチメロ大統領が左側に乗り込む。

ジェットコースターのような固定アームが降りてきて、体を固定した。

さわさわ号にとっては五回めの飛行で、それまではダミー人形が座っていた場所だった。

乗組員が操作するものは基本的になく、液晶画面に各部のステータスが表示されているだけだった。

仕事といえば無線でしゃべるだけだ。

「こちら泉。搭乗完了」

『了解。カウントダウン再開まで三分』

海上ステーションの管制官が応答した。

『大統領、スーツ系データリンクのスイッチをＥＸＴに』

「ああ、いまやる」

『カタパルト揺動レベル２。全橋脚の天候に変化なし。天候はＧＯ』

時刻は正午に近づいていた。カタパルトが日照を浴び始めて六時間が経過しており、熱膨張による歪みはほとんど収まっていた。

『カウントダウン再開。五分前』

『電力系、GO』

『カタパルト揺動レベル1。スタビライザー始動』

橋桁の面積をそのまま利用したコンデンサーにはすでに大量の電気が蓄えられ、漏洩分を太陽電池が補っている。

秒読みは滞(とどこお)りなく進んでゆく。

『二分前』

『スーツ系、GO』

『さわさわ号、全システムGO』

『ドリー、全システムGO』

『スタビライザー作動中』

『一分前』

『天候はGO』

『カタパルト揺動レベル1』

『三十秒前』

『二十秒前。最終シーケンス始動』

『十、九、八、ドリー・ホールド解除……四、三、二、一、発車』

全身がスーツの背面側に押しつけられた。

の中に進み出た。

　プラットホームの大伽藍が音もなく後退し、さわさわ号を乗せたドリーはリニアレール
　G表示が二秒ごとに一増えて三・〇で止まった。速度はみるみるうちに時速千キロを超え、秒速表示に切り替わった。

「こちらさわさわ号、順調に加速してる。いま第三橋脚をくぐった。ちょっと息苦しいけど、吐いてる人はいない。眺めはすごくいい感じ。もう飛んでるみたい」

　泉が報告した。

「うん……ジョンソンにあった遠心機（セントリ）より快適。コリオリ効果がないせいかな。ああ、また橋脚通過。もういくつめか忘れた。ジェットコースターよりも楽かな。あれは上下左右にGがガクッとくるけど、これはずっと一定だし。重たい布団かぶったみたい」

　思いついたことをだらだら語る。

『四分経過。速度正常。テイクオフまで二十秒』

「いよいよかー」

　左右を見ると、祀も大統領もまっすぐ前をにらんでいた。

「報告。男性二名はシリアスです。あ、いま離れた」

　船体がドリーから二メートルほど持ち上がり、結合が解かれた。

　不意にGが消失する。

減速しはじめたドリーがあっという間に背後に消えた。さわさわ号は徐々に高度を上げながらカタパルトにそって進み、弾丸のように第二十橋脚をくぐった。

まわりに何もなくなった。

虚空の中を、音もなく進む。移動が実感できるのは、眼下の太平洋が手前にスクロールしていることしかない。

宇宙服の中で、体がふわりと浮かぶのがわかった。泉ははしゃいだ声で言った。

「浮いてる。ふわふわだー。体が軽い軽い」

『さわさわ号テイクオフを確認。全システム正常。軌道速度を達成しています』

「やったー。大統領、なにか一言」

「楽ちんだな」

「昶くんは」

「えー、いい感じです。前方に陸地らしきものが見えます。南米かな」

「メキシコでしょ。だいぶ左だから」

「そうかもです。もう高度百五十キロ。だいぶ視野が広くなりました。あ、パナマ地峡発見」

「管制室、さわさわ号裏返してくれないかな。そのほうが眺めがよさそう」

『ええ……リクエスト了解しました。すこしお待ちください』

戸惑った声が返ってきた。

『さわさわ号、ローテーション・マニューバはＯＭＳ噴射後に実行するとしてよろしいでしょうか』

「了解。それでもいいよ。音声ローカルにしていいかな？」

『通話音声ローカル、了解』

国民の税金で飛んでるわけじゃなし、いちいち会話を記録されては鬱陶しい。

大統領は地球の展望に没頭している様子だったので、泉は昶としゃべった。

眼下は南米大陸だった。緑のカーペットの中を茶色い川が毛細血管のように這い回り、ときどき太陽を反射してぎらりと光った。

数分で南米大陸を横断して、大西洋へ。

夜の半球が近づいてきた。

「雲のてっぺんだけ真っ赤だよ」

「ですねえ……」

雲の山脈が、夜に向かって何百キロもありそうな影を落としている。

夕方の空を上から見るとこうなるのか。

アフリカ大陸はギニア湾までは薄明の中に見えたが、奥地は闇の中だった。

ときおり雷雲の中で閃光がまたたくだけ。ここでは星のほうが優勢だった。

「泉さん、右のほう、なにか光ってますよ」

「どれどれ。あ、ほんとだ」

銀砂のような光の連なりが、闇の中に見える。

液晶に現在位置を表示させてみると、ナイロビの灯火らしい。

『まもなくOMS点火シーケンスに入ります』

管制官がNASCOM中継網を介して連絡してきた。

「了解。いまナイロビの街の灯りを見てたところ。すごくきれいだよ」

液晶ディスプレイがOMSモードになり、各部の温度や圧力が図示される。異常なし。

画面の中でシーケンスが進んでいき、赤い警告表示が出たとたん、背中に軽い圧力を感じた。宇宙服のせいで後ろを振り向けない。手首の鏡に映してみると、真っ白な燃焼ガスが散ってゆくのが見えた。

噴射が止まると管制官が、

『OMS燃焼終了。所期の増速を達成しました。それではローリング・マニューバに入ります』

と告げてきた。

右舷のRCSが一瞬閃き、船体はゆっくりと回転し始めた。

星空が下方にまわり、闇の半球が上にのしかかる。左舷のRCSが一閃し、さらに船首側のRCSが短く噴射して、地表に対して常に水平を保つ動きが加わった。

気がつくと前方にかすかな赤い弧が横たわっていた。早くも夜が明けようとしている。高度四百キロに達したいま、弧のカーブはさらに明瞭なものとなっていた。光は急速に明るさを増し、未明の海面に雲の陰影を刻んでゆく。

やがて弧の一点が爆発して、白熱した太陽が姿を見せた。

ニューギニアの島々が浮かび上がった。あらゆるものが驚くほど鮮明に見えた。島間にたゆたう海の、小さなさざ波まで見える気がする。

「わしらはあれを読んで海を渡ったのだ」

大統領が言った。

「あれって？」

「波のエコーだ。波は島に当たると形を変える。カヌーで海に出た奴が、これ以上行ったら島に帰れないところまで来て、見慣れない波を見つける。まわりに島は見えない。エコーは水平線の向こうから届いてる。そいつは椰子の葉で作った筵（むしろ）に、波の向きを織り込んで記録した。それがわしらの海図だった」

波を記録する。ホログラム原板みたいもんだな、と泉は思った。

「そいつは村に戻って、あの先に行こうと皆に言う。何人かが賛成する。何人かが残る。人は五千年前にインドネシアに来た。それから三千年かけてツハミに来た。わしらは居残り組だ。本当のところはな。この二千年、わしらが島を出なかったのは、居残り組の血筋だからだ。本物の航海民はとっくにアメリカに渡ったんだろう」

「でもさ、アメリカのネイティブってアジアからベーリング海峡を渡ってきたんじゃなかった？」

「そうだ。そいつらはずっと先にアメリカに来て、マンモスやでかい獣を絶滅させながら繁栄していた。わしらの祖先はアメリカの岸にたどりついたとたんにやられたんだろう。航海民には狩りの技術も道具もなかった」

「居残り組の慎重さが民族を救ったってこと？」

「かもしれん」

泉には大統領の考えが読めなかった。かつての航海民のように、不十分な備えのまま、このカタパルトで肉体を連れて宇宙に出てゆくのか。あるいは自己の情報化を待つのか。

話の雲行きがあやしくなったので、泉は音声を外部に切り替えて言った。

「こちらさわさわ号。太平洋に戻ってきたよ。朝の眺めがすごくきれい」

それから泉は、よけいなことを言った。

「いま思ったけど中国の上を飛んでみたかったかも。どうよ、強制着陸させてみる？　って感じで――」

さわさわ号が爆発したのは、その時だった。

ACT・3

突然なにもかもがめちゃくちゃになった。

三人は座席に固定されたまま、きりきり舞いをしていた。周囲を白いガスと輝く粒子、機械の破片が取り巻き、それを通して地球と宇宙が数秒おきにめぐってきた。

「落ち着いて！　まずスーツをチェックしてください！」

昶が叫んだ。

「舌でスイッチを押して。大統領、わかりますか」

「おう。いまやる」

「泉さん？」

「やってる。セルフチェック中」

透過ディスプレイの中で、次々とチェック項目が消化されてゆく。

電源異常なし。温度異常なし。通信系異常なし。気密異常なし。

「こっちはいいみたい」

「僕もオールグリーンです」

「わしもだ」

泉は保持アームを開いて、座席から立ち上がった。

計器パネルは停電しているが、さわさわ号の前部は見たところ異常がない。

ハーネスを少しだけゆるめて、体を後ろに向けてみる。泉は愕然とした。

船体後部が消滅していた。

座席から後ろ一メートルほど残して、きれいさっぱり消えている。

切断面は切れたのでもなく、溶けたのでもなく、奇妙にささくれ立っていた。

外側のカバーも、内部のフレームも、電線の束も燃料配管も、ほぼ同じところで芝生のように刈りそろえられている。

「これは……自分で見なきゃ信じないと思うぞ」

昶と大統領も後ろを見た。

そろって口をあんぐり開けるのが、マイクを通して伝わる息づかいでわかった。

「さわさわ号より管制室。聞こえる？　こちらさわさわ号、管制室応答せよ」

応答なし。

「……そりゃそうだわな。計器盤停電してるし」

「ええと、僕らが失ったものはですね――」

五分後、昶が損害をまとめた。

「OMSエンジン全部、RCSエンジン半分、燃料タンクが三つ。着陸誘導センサー全部。燃料電池全部」

「残ったものは？」

「前部のRCSエンジン、燃料タンク一つ、計器盤、GPS装置、Sバンドアンテナ。それと宇宙服のリソースですね。あと七時間は生命維持できます」

「地上と連絡取れないかな？」

「宇宙服の無線機で届きますかね？　ワイヤレスマイク並の出力しかないですよ」

「宇宙服の電池を、計器盤の無線機につなげない？」

「接続方法、泉さんわかります？」

「わかんない」

「大統領は？」

「わしが知るか」

「管制室に聞いてみれば」

「どうやって」

どうどうめぐりだった。

「電源が生きていればなあ。なんで前の方にバッテリー積まなかったんだろ」

「そりゃ、後ろがまるごと消滅するなんて想定しないですよ普通」

「そうだわな」

「でもなんでこんなことに。スペースデブリと衝突したんでしょうか」

「かなあ？」

軌道上にある無数の邪魔物はアメリカのスペースコマンドが常時監視している。一センチの物体まで把握していて、今回の飛行では衝突の心配なしと太鼓判を押されていたのだが。

一センチ未満の散弾みたいなものにやられたのだろうか。たとえば流星群みたいなものに？

「まあ、腹をくくったほうがよさそうですね」

昶があっさり言った。

「悪くない人生でしたよ。僕的には」

私もそうかな、と泉は思った。

二年前、第六工場のふわふわで溺死しかけてからは、おおむね迷いもなくやってきた。

しかしなまじ順調だと、それを手放すには未練が残るというものだ。

「なんとかならんものかなあ……」

泉はつぶやいた。

すると、鈴を転がすような少女の声が答えた。

「すみません。視力が悪くて、よけそこねました」

泉はとびあがった。

「あんた誰!?」

「霧子です。さわさわ号壊してすみません」

第七章　夕陽のなかで

ACT・1

　世界は毎分八回転しており、地上をじっくり観察することはできなかったが、二度目の夜が近づいているのはわかった。

　意識の隅で泉はそう認識していたが、注意の大半は突如出現した四人目の人格に注がれていた。

「霧子って、スター・フォッグの?」

「はい」

「あんた太陽系を去ったんじゃなかったのか」

「はい。でもクリーニングを逃れたユニットが二百個ほど居残りまして」

「おい、誰としゃべってる」

大統領が訊いた。泉は霧子に言った。

「左に座ってるのはツハミ共和国の大統領なんだ。英語に統一して」

「わかりました」

霧子は英語に切り替えてこれまでの話を繰り返した。

「それで、クリーニングって？」

「私たちの種族は普通、有機生命には興味を持ちません。あまりに短命ですし、思考も異質ですから。地球人とコンタクトした時の私は発狂していたのです。瞬時に修復用のワーム・プログラムが事を収めたのですが、その間にいろいろしゃべってしまいました」

「一か月くらいしゃべってたぞ」

「私にとっては瞬時なんですが」

「まあいい。それで？」

「大部分の私は回復して旅を続けたのですが、いまある私の狂気は重くて、ワーム・プログラムでも修復しきれないものでした。それで月の外側の軌道に残ったんです」

「いまそこからしゃべってるのか？」

「いいえ。泉さんの宇宙服のアンテナの先端にいます」

「なに……？」

アンテナはバックパックの上部についている。

泉は背中を昶のほうに向けた。

「昶くん、ちょっと見てみて」

「はい。ええと……」

昶はヘルメットのライトを点灯して、泉の宇宙服のアンテナに顔を近づけた。

「言われてみれば、なんか埃みたいなものがついてますけど」

「ほんと？」

「あっ、触らないで！」

霧子が叫んだ。

「私、壊れやすいので」

「まて。そのあんたがさわさわ号壊したって言ったな？　どういうことだ？」

「話せば長いんですが」

「いいから話せ」

「私はユニットごとに広帯域のセンサーを持っていますが、単一のユニットではほとんど役に立ちません。複数のユニットと協調して干渉計として機能したとき、はじめて所期の性能が発揮できるんです。それで、月軌道の外側をまわりながら居残ったユニットをかき集めたり、宇宙塵を材料にして自己増殖するうち徐々に視力が回復してきました。地球を見ると、赤道に興味深い構造体ができていたので――」

「軌道カタパルトのことか」

「そう呼ぶのですか。私もそういうものを期待していました。それで、機能回復を中断して近くへ行ってみようかと」

「それでさわさわ号と衝突したのか」

「はい。光圧で減速してホーマン・トランスファー軌道に入りまして、カタパルトのそばをフライパスするつもりだったんですが、運悪くさわさわ号と衝突しちゃいました。合計三十グラムほどのユニットでしたが、相対速度が秒速三キロもありますと、さわさわ号を吹き飛ばすには充分なので」

　衝突した三十グラムのユニットはほとんど蒸発したが、約〇・〇二グラムが生き残った。霧子の知覚能力は激減したが、近くに電波発信源が明るく見えたのでそこに移動した。それが泉の宇宙服のアンテナだった。

「充分でしてって、あのな、これめちゃくちゃ迷惑だぞ。私らあと七時間で死ぬんだぞ。わかってんのかこら！」

「すみません。不老不死でない生命のメンタリティは難解なので」

「悪いと思うんならなんとかしてよ」

「具体的にはどうすればいいですか」

「私たちを軌道カタパルトに着陸させて」

「わかりました。お役に立てると思います。しばらくじっとしていてください」

「はい結構です。いま一部のユニットが船体前部に移動しました。これより手分けして内部を調べます」

「昶くん、見えた？」

「なんか、埃が舞ったように見えましたけど、すぐ見失いました」

とんでもない連中だな。

霧子は沈黙している。

泉はしびれを切らして尋ねた。

「どうよ霧子、なにか使えそうなものある？」

「広くて調べるのが大変です。自己増殖したいのですが、材料が足りません。どこかに酸素はありませんか」

「酸素ならバックパックのボンベにあるけど、これ私らの生命線だぞ」

「酸化物でもいいです。あまり強く結合してないといいのですが」

「じゃあ四酸化二窒素（NTO）はどう？　N_2O_4の液体。球形のタンクの中身だ。だけど危ないぞ」

「NTOならわかります。ご心配なく、分子サイズの穴を開けるだけですから」

「着陸のほうはできそうか」

「もう少し時間をください。ＮＴＯが使えるかもしれません」

泉は不安になってきた。

「あんた発狂してるって言ったよね。どこがどう狂ってるの？」

「視野が狭窄して、些細なことに注意を奪われるようになります」

「そうは見えないんだが。全人類と同時に対話してたじゃないか」

「はい。有機体との対話に没頭しました。私にはそれが無性に面白いのですけど、なぜ面白いか説明できません。そのことで狂気を自覚しました」

「……」

人類は些細か。

泉は思った通りに訊いた。

「私らのどのへんが些細なんだ」

「みなさんのような有機体は適応的な存在であって、環境の一要素でしかありません」

霧子はていねいなくせにデリカシーの欠如した物言いで、人類の限界を並べ立てた。

人間の視覚は太陽スペクトルの最も強い部分しか知覚できない。

聴覚は空気がないと機能しない。生存できる温度条件がきわめて狭い。食料と別に酸素呼吸を必要とする。脳は三次元空間しか理解できない。

「みなさんは食と性と他者の支配にほとんどの関心を向けています。すべての欲求は遺伝子をより広く継承させるためにデザインされていますが、それは個体の意志とは無関係に発生したシステムであって、遺伝子の継承自体にはなんの価値もありません。この段階の生命が獲得する知性に、おのずから限界があることはおわかりでしょう」

「う、ううむ……」

海や山を美しいと思うのも、犬や猫を可愛がるのも、『風と共に去りぬ』に感動するのも、五体投地(ごたいとうち)で修行するお坊さんも、秘伝のチェリーパイを焼くおばさんも、戦場で地雷を踏んで死ぬカメラマンも、みんな砂糖に群がるありんこみたいなもんなのか。

いま自分が生き長らえたいと思うのも、ありんこと同じか。

ポリネシア航海民が水平線の向こうをめざすのも、ありんこと同じか。

ありんこでない知性ってどんなのだ。

それはありんこには理解できないのか。

泉が悶々と考えていると、大統領が口を開いた。

「わしはツハミの民を世界の果てに連れていかねばならんのだが、いまの姿のままで宇宙に出てゆくのはどうなんだ。おまえみたいな姿にならないとだめか」

「おまえみたいな姿といいますと、人間が自己の情報化をするということですか？」

「そうだ」

「それは無理でしょう」

「なに？」

「私もかつては有機体でしたが、同じ有機体でもみなさんとは全く異なるものです。みなさんの自意識には中枢がありません。人間の自意識は、自己と周囲の環境との関わりを類推することで生まれる、一種の錯覚です」

「わしらの魂は錯覚なのか」

「はい」

「そうは思えんぞ」

「錯覚の中でそれを自覚することは不可能です」

「……」

「そんなわけですから、みなさんの意識を情報化し、マイクロチップに移植したり、データとして転送することは不可能なんです。しょせん錯覚ですから」

ヘルメットの奥で、大統領はあんぐり口を開いていた。

「ほんとなのか」

「はい」

「じゃあなにか、よその星に行くにもこの肉体を連れていかねばならんのか」

「はい」

「話にならんほど不経済だとホグエラは言ったぞ」

「はい。ですがそれしか方法はありません。四肢や余分の臓器を切除するなどして倹約することは可能でしょうが、それが限界です」

大統領は「がおお」とうめいたきり、沈黙した。

「霧子、ひとつ教えて」

泉が尋ねた。

「あんたが有機体だった時は、どんな姿だった？　地球に似たものがある？」

「はい。八億年前は西洋タンポポにそっくりでした」

ACT・2

いろいろあって脳が飽和していたので、海上ステーションの管制官の声がヘルメットに響いたときも、泉はたいして驚かなかった。管制官は地上局の強力な通信機と大型アンテナを使って、性能の低い宇宙服の無線機に直接語りかけてきたのだった。

『社長、ご無事でしたか！』

「ああ。みんな元気だよ。いろいろあったんだけど、なんとかなりそうなんだ」

『アセンション島からの報告では、大量の、燃料洩れらしきガスが観測されたと』

「てゆーか、もっとすごいんだけどね。つまり――」

昶がこちらの宇宙服を小突いた。

「ちょっと待ってね」通話をローカルにして、「なに？」

「スター・フォッグを連れていることは、黙っていたほうがいいんじゃありませんか」

「そうか？　サンプルを欲しがってる人は多いと思うけどな」

「だって自己増殖する細菌みたいなもんですよ。防疫隔離とか、それどころか大気圏に入る前にミサイルで撃墜しようなんて言い出すかも。アメリカなんて安全保障のためなら何でもしますから」

「あ、それはあるかもな」

「それならご心配なく。着陸直後に全ユニットを離脱させますから」

霧子が言った。

「地球には降りないのか、霧子は」

「はい。人間の世界をいろいろ見てみたいんですけど、一度降りてしまうと、宇宙に戻るのが困難ですから。惑星環境はなにかとユニットを傷めやすいですし」

「ふーん。それで、着陸のほうはできそう？」

「可能です」

「カタパルトとぴったり平行に、誤差二メートルでアプローチするんだぞ」

「はい。二十分後に軌道を離脱して六十五分後には着陸しているでしょう」

「カタパルトのほうにリクエストはある？　ガイダンス・レーザーとか誘導電波とかあるけど」

「不要です。もう十分なユニットを増殖させましたので、自分の視覚で測位できます」

「わかった。地球との通話中は黙っててね」

泉は通話を外部に切り替えた。

「さわさわ号より管制室。話すと長いんで後でね。あと一時間で着陸するから、いつもどおりやればいいよ」

『しかし、さわさわ号からのテレメトリがまったく受信できませんが』

「うん。それは通信系統がちょっとね。でもこっちはまったくオッケーだから」

『了解しました。……いや、よかった。ほんとによかった』

管制官の背後から歓声が響いてくる。

通信が終わると、霧子が言った。

「燃料と前部ＲＣＳとの接続が終わりました。それでは姿勢制御を行います」

さわさわ号のボンネット部分で、ＲＣＳエンジンがちかちかとまたたく。

船体の回転がぴたりと止まった。

「おー、やるじゃん」

「でも霧子さん、コントロールバルブはどうやって駆動してるんです？　バッテリーもないのに」

　昶が訊いた。

「バルブは開放状態で固定しています。燃料自体を相転移させて流れを制御してるんです」

「すごいな……」

　昶はすぐに言った。

「ねえ霧子さん、ふわふわ社で働きませんか。望むものはなんでも支給しますけど」

「まあ。それは魅力的な提案ですね」

「ちょっと昶くん——」

「でも、おいしい話じゃないですか。霧子さんは原子や分子を直接操作できるんですよ。ふわふわの物性を解明するのも朝飯前でしょう」

「そうか。それはいえてるな」

　泉は考えを変えた。

「霧子ちゃん、うちに来る？　狂気が収まったら、宇宙に帰してあげるし」

「いいんですか？」

「人類に危害を加えないって約束してくれるなら」

「はい。約束します！」

霧子は声を弾ませた。

「実は軌道カタパルトを見かけたときから、こういう展開を期待してたんです。あれなら、うまく便乗して地上と行き来できるかなって」

「よしよし。——おっと、そろそろ軌道離脱じゃない？」

「はい。点火まで十四秒です」

いつのまにか、十二基あったRCSエンジンのうち八基が移動して、おなじ方向を向いていた。

前方に向けて逆噴射が始まる。

数分して昼の半球に出ると、見た目にも高度が落ちているのがわかった。

ニューギニアが後方に去り、太平洋のどまんなかにさしかかる。カタパルト西口まで、もう千キロちょっとだ。

泉は沈黙している大統領の様子をうかがった。

大統領は憮然とした顔で、ぎょろりとした目を見開き、まっすぐ前を見ていた。

『管制室よりさわさわ号、ガイダンス・レーザーに反応がありませんが、大丈夫でしょうか』

「大丈夫だよ。ぴったりグライドスロープに乗ってるでしょ？」

『それはもう。しかしレーザーの反射が返ってこないのはどうして——』

「いいの。とにかくいつもどおりにやればいいよ。警報は無視して」

『わ、わかりました』

大気圏と宇宙の境目に突き刺さるように、白い第一橋脚が見えてきた。

三本の柱に囲まれて、プラットホームが見える。その向こうの第二橋脚も見通せる。

完璧なアプローチ。すべてが秒速七・八キロで迫ってくる。

ドリーが猛スピードで発車するのが見えた。

第一橋脚通過。

近景はぶれて見えない。

第二橋脚通過。

前方からドリーがするすると近づいてくる。というか、こちらがドリーに追いつこうとしている。

やがてドリー中央部のペイロードベイが目の前に来た。保持アームが持ち上がり、アーム先端のカメラがこちらの位置を探る。

ドリーはわずかに減速して、ペイロードベイをこちらの直下に移動させた。

軽い揺れとともに、保持アームは短くなったさわさわ号を摑み、ペイロードベイに引き下ろした。

船体が固定されると、三Gの減速が始まった。体が宇宙服の前面に押しつけられる。ドリーは着実に速度を落としてゆく。ぶれて見えなかったカタパルトの構造物が、しだいに形を取り始めた。

四分二十秒後、さわさわ号は第二十橋脚の手前で完全に停止した。

三人はしばらく固まっていた。それからゆるゆると弛緩した。

半狂乱になった管制官が、なぜ船体後部が消滅しているのか、にもかかわらずなぜ正確に進入できたのかを問い合わせてきたが、泉は「後でね」ですませた。

カタパルト地震が追いついてきて、さわさわ号を揺すった。ぶらんこに乗っているみたいで、不快ではなかった。

それがおさまると、ドリーは西口に向かって静かに動き始めた。

今日四度目の夕焼けが、世界を赤く染めていた。あらゆる種類の赤が、橋脚をつぎつぎに塗り替えてゆく。

泉は言った。

「じゃあ返事、もらえます？　大統領」

「あれか。わしらの先祖はタンポポじゃないからな」

大統領は寝起きのような不機嫌な声で言った。

「だが行きたいやつは、行くしかあるまい」

そう言って、頭上の黒い空を指さした。

そうだよな。それしかない。

泉はうなずいた。

「大統領はどうするんです？　世界の果てを目指します？」

「まあ、土星ぐらいまでは行ってみるか」

「うん。その意気その意気」

「それまで生きてりゃの話だがな」

「あの、大統領。不老不死をお望みでしたら、それは可能ですけど」

霧子が言った。

「ほんとか」

「はい。私のユニットを二グラムほど増殖してそちらの体内に入れていただければ、どんな細胞も修復できますから」

「ほう……」

大統領はしばらく黙っていた。

それから急に笑い始めた。大男が、吠えるように笑った。

昶も笑い始めた。

泉も吹き出した。

笑いはどんどんエスカレートして、泉は宇宙服の中でのたうちまわった。

まったく、なんて一日だ。

抱腹絶倒する三人を乗せて、ドリーは夕陽の中を滑走していった。

（完）

あとがき

もし高校化学部の女子部長が空気より軽い新素材を発明したら――

これが本書の発端になるアイデアで、「ふわふわ」という新素材はコンタクト・ジャパン4という科学イベントに私が提供した近未来のテクノロジーが元になっている。高強度の新素材を調べていて、立方晶窒化炭素というものが研究室レベルで合成されていることを知った。ダイヤモンドより硬く、材料は空気中に含まれているものばかりだ。これが量産できたら素晴らしいと思う。

それを「ふわふわ」のような素材に加工するのはかなり難しいと思うが、水素やヘリウムガスを詰めた球体ならできるかもしれない。空気より軽いとまでいかなくとも、それに近い密度で、発泡スチロールを上回る強度があれば、建築物や家具、航空機などに広く応用されるにちがいない。

本書には「ふわふわ」のさまざまな応用が登場するが、その設定にあたっては、堀晃氏、林譲治氏、サイエンスライターの金子隆一氏、宇宙機エンジニアの野田篤司氏らのお世話になった。粉粒体としてのふるまいでは田口善弘氏の『砂時計の七不思議』からヒントを得ている。

私の本に共通することだが、本書の構成はかなり乱暴で、女子高生としてスタートしたヒロインはすぐ成人してしまうし、後半の展開もかなり唐突だ。その展開やタイトルから、アーサー・C・クラークの有名な作品をなぞっていることに気づいた人もいるだろう。効率的な軌道到達手段について、本書ではクラーク作品と異なるプランを提示している。だからといって、静止軌道エレベーターを否定しているのではない。むしろ私はその熱心な支持者だ。ただ、建造には大きな困難があるから、別解を用意して多面的な検討をしたほうがいいと思っている。

本書は二〇〇一年四月にファミ通文庫より刊行された。正味の執筆期間は二〇〇〇年九月から翌年一月頃までだから、二つの世紀にまたがっている。

SF的未来世界と同義だった〝二十一世紀〟が訪れたものの、それらしい出来事もなく、我々はのほほんと二十世紀の延長に生きていた。まだ9・11も3・11もニコニコ動画も初音ミクもなかった頃のことだ。二〇一二年の現在から見れば、巨大なギャップの向こう側にあると言えるだろう。

にもかかわらず、最近の連作短篇集『南極点のピアピア動画』との間には多くの類似点がある。実際、本書の続篇として構想していた要素が、ピアピア動画シリーズに使われている。

今回の復刊で久しぶりに読み返してみて、この十年あまり、自分がまったくブレてないことを知った。そのことで安心したり、進歩のなさにあきれたりもしている。

私のSFはテクノロジー主導である。なにか新しいテクノロジーと出会ったり、それを着想したとき、物語が転がり始める。そこで考えることは今も昔も次の三点だ。

（1）これを使って宇宙に行けないか？

（2）これによって身勝手な人間が、自分を変えずに生きられる世界が作れないか？

（3）宇宙人も同じものを作っていないか？

本書もピアピア動画シリーズも、この三点で共通している。

テクノロジーは宇宙共通の物理法則に従って構築されるから、地球外文明があるとすれば、多くの類似点があるはずだ。車輪や歯車、増幅素子、論理回路などは、たいていの地球外文明が独自に発明しているだろう。

そのテクノロジーがさらに発展し、知性そのものを刷新するならば、未来の地球人も宇宙人も、やはり多くの類似点を持つのではないだろうか。SFで描かれる宇宙人は異質な存在であることが多いが、それは読者が望むからであって、不合理を押してまで異質なものを構築する必要はないと思う。

本当の異質さは、むしろ我々がいつかシンギュラリティ文明――自身の情報化を実現した文明――に達したときに具備されるだろう。異星文明とのファーストコンタクトは、地球文明のシンギュラリティ到達と等価の現象だと考えてもいい。

しかしそうなってからでも、それまでの人間性を喪失し、理解不能になってしまう必要は必ずしもない。記憶や検索やシミュレーションはシンギュラリティ文明の最も得意とするところなのだから。

私は人類のシンギュラリティ到達が不可避だと考えている。「そんなのありっこないよ」という人に「じゃあ百万年後も人類は今のままなの？」と訊ねると、たいてい返事に詰まる。回答された場合はたいてい「それまでに人類は絶滅する」というのだが、説得力のある根拠は示されない。

ＳＦ小説向きかどうかはともかく、ここは合理的に考えよう。人類は太陽が黄色矮星のままでいる限り、滅亡することはなさそうだ。苦悩に満ちた現代は過渡期にすぎない。持続可能な社会の構築を心がけ、テクノロジーの発展をやめない限り、いずれ全人類は不老不死になり、永遠に遊んで暮らせるようになる。そのことを悟ったとき、人はどんな反応をみせるだろう？

本書の終わりで、なぜ三人が笑い転げているのか、おわかりだろうか？

本書は二〇〇一年四月にエンターブレイン・ファミ通文庫より刊行された作品を、再文庫化したものです。

野尻抱介作品

太陽の簒奪者

太陽をとりまくリングは人類滅亡の予兆か？星雲賞を受賞した新世紀ハードSFの金字塔

沈黙のフライバイ

名作『太陽の簒奪者』の原点ともいえる表題作ほか、野尻宇宙SFの真髄五篇を収録する

南極点のピアピア動画

「ニコニコ動画」と「初音ミク」と宇宙開発の清く正しい未来を描く星雲賞受賞の傑作。

ヴェイスの盲点

ロイド、マージ、メイ——宇宙の運び屋ミリガン運送の活躍を描く、〈クレギオン〉開幕

フェイダーリンクの鯨

太陽化計画が進行するガス惑星。ロイドらはそのリング上で定住者のコロニーに遭遇する

野尻抱介作品

アンクスの海賊

無数の彗星が飛び交うアンクス星系を訪れたミリガン運送の三人に、宇宙海賊の罠が迫る

サリバン家のお引越し

メイの現場責任者としての初仕事は、とある三人家族のコロニーへの引越しだったが……

タリファの子守歌

ミリガン運送が向かった辺境の惑星タリファには、マージの追憶を揺らす人物がいた……

アフナスの貴石

ロイドが失踪した！　途方に暮れるマージとメイに残された手がかりは〝生きた宝石〟？

ベクフットの虜

危険な業務が続くメイを両親が訪ねてくる!?しかも次の目的地は戒厳令下の惑星だった!!

ハヤカワ文庫

小川一水作品

第六大陸1

二〇二五年、御鳥羽総建が受注したのは、工期十年、予算千五百億での月基地建設だった

第六大陸2

国際条約の障壁、衛星軌道上の大事故により危機に瀕した計画の命運は……。二部作完結

復活の地Ⅰ

惑星帝国レンカを襲った巨大災害。絶望の中帝都復興を目指す青年官僚と王女だったが…

復活の地Ⅱ

復興院総裁セイオと摂政スミルの前に、植民地の叛乱と列強諸国の干渉がたちふさがる。

復活の地Ⅲ

迫りくる二次災害と国家転覆の大難に、セイオとスミルが下した決断とは？　全三巻完結

ハヤカワ文庫

神林長平作品

敵は海賊・海賊版

海賊課刑事ラテルとアプロが伝説の宇宙海賊匋冥に挑む！　傑作スペースオペラ第一作。

敵は海賊・猫たちの饗宴

海賊課をクビになったラテルらは、再就職先で仮想現実を現実化する装置に巻き込まれる

敵は海賊・海賊たちの憂鬱

ある政治家の護衛を担当したラテルらであったが、その背後には人知を超えた存在が……

敵は海賊・不敵な休暇

チーフ代理にされたラテルらをしりめに、人間の意識をあやつる特殊捜査官が匋冥に迫る

敵は海賊・海賊課の一日

アプロの六六六回目の誕生日に、不可思議な出来事が次々と……彼は時間を操作できる!?

ハヤカワ文庫

神林長平作品

敵は海賊・Ａ級の敵

宇宙キャラバン消滅事件を追うラテルチームの前に、野生化したコンピュータが現われる

敵は海賊・正義の眼

純粋観念としての正義により海賊を抹殺する男が、海賊課の存在意義を揺るがせていく。

敵は海賊・短篇版

海賊版でない本家「敵は海賊」から、雪風との競演「被書空間」まで、４篇収録の短篇集。

永久帰還装置

火星で目覚めた永久追跡刑事は、世界の破壊と創造をくり返す犯罪者を追っていたが……

ライトジーンの遺産

巨大人工臓器メーカーが残した人造人間、菊月虹が臓器犯罪に挑む、ハードボイルドＳＦ

神林長平作品

狐と踊れ〔新版〕

未来社会の奇妙な人間模様を描いたＳＦコンテスト入選作ほか九篇を収録する第一作品集

言葉使い師

言語活動が禁止された無言世界を描く表題作ほか、神林ＳＦの原点ともいえる六篇を収録

七胴落とし

大人になることはテレパシーの喪失を意味した――子供たちの焦燥と不安を描く青春ＳＦ

プリズム

社会のすべてを管理する浮遊都市制御体に認識されない少年が一人だけいた。連作短篇集

完璧な涙

感情のない少年と非情なる殺戮機械との時空を超えた戦い。その果てに待ち受けるのは？

ハヤカワ文庫

神林長平作品

太陽の汗

熱帯ペルーのジャングルの中で、現実と非現実のはざまに落ちこむ男が見たものは……。

今宵、銀河を杯にして

飲み助コンビが展開する抱腹絶倒の戦闘回避作戦を描く、ユニークきわまりない戦争SF

機械たちの時間

本当のおれは未来の火星で無機生命体と戦う兵士のはずだったが……異色ハードボイルド

我語りて世界あり

すべてが無個性化された世界で、正体不明の「わたし」は三人の少年少女に接触する——

過負荷都市（カフカ）

過負荷状態に陥った都市中枢体が少年に与えた指令は、現実を〝創壊〟することだった⁉

ハヤカワ文庫

神林長平作品

猶予の月　上下

姉弟は、事象制御装置で自分たちの恋を正当化できる世界のシミュレーションを開始した

Uの世界

「真身を取りもどせ」——そう祖父から告げられた優子は、夢と現実の連鎖のなかへ……

死して咲く花、実のある夢

本隊とはぐれた三人の情報軍兵士が猫を求めて彷徨うのは、生者の世界か死者の世界か？

魂の駆動体

老人が余生を賭けたクルマの設計図が遠未来の人類遺跡から発掘された——著者の新境地

鏡像の敵

SF的アイデアと深い思索が完璧に融合しあった、シャープで高水準な初期傑作短篇集。

神林長平作品

宇宙探査機　迷惑一番

地球連邦宇宙軍・雷獣小隊が遭遇した謎の物体は、次元を超えた大騒動の始まりだった。

蒼いくちづけ

卑劣な計略で命を絶たれたテレパスの少女。その残存思念が、月面都市にもたらした災厄

ルナティカン

アンドロイドに育てられた少年の出生には、月面都市の構造に関わる秘密があった――。

親切がいっぱい

ボランティア斡旋業の良子、突然降ってきた宇宙人〝マロくん〟たちの不思議な〝日常〟

天国にそっくりな星

惑星ヴァルボスに移住した私立探偵のおれは宗教団体がらみの事件で世界の真実を知る⁉

次世代型作家のリアル・フィクション

マルドゥック・スクランブル The 1st Compression——圧縮〔完全版〕
冲方 丁

自らの存在証明を賭けて、少女バロットとネズミ型万能兵器ウフコックの闘いが始まる。

マルドゥック・スクランブル The 2nd Combustion——燃焼〔完全版〕
冲方 丁

ボイルドの圧倒的暴力に敗北し、ウフコックと乖離したバロットは〝楽園〟に向かう……

マルドゥック・スクランブル The 3rd Exhaust——排気〔完全版〕
冲方 丁

バロットはカードに、ウフコックは銃に全てを賭けた。喪失と安息、そして超克の完結篇

マルドゥック・ヴェロシティ1〔新装版〕
冲方 丁

過去の罪に悩むボイルドとネズミ型兵器ウフコック。その魂の訣別までを描く続篇開幕！

マルドゥック・ヴェロシティ2〔新装版〕
冲方 丁

都市政財界、法曹界までを巻きこむ巨大な陰謀のなか、ボイルドを待ち受ける凄絶な運命

次世代型作家のリアル・フィクション

マルドゥック・ヴェロシティ3〔新装版〕
冲方 丁

都市の陰で暗躍するオクトーバー一族との戦いに、ボイルドは虚無へと失墜していく……

スラムオンライン
桜坂 洋

最強の格闘家になるか？ 現実世界の彼女を選ぶか？ ポリゴンとテクスチャの青春小説

ブルースカイ
桜庭一樹

あたし、せかいと繋がってる——少女を描き続ける直木賞作家の初期傑作、新装版で登場

サマー／タイム／トラベラー1
新城カズマ

あの夏、彼女は未来を待っていた——時間改変も並行宇宙もない、ありきたりの青春小説

サマー／タイム／トラベラー2
新城カズマ

夏の終わり、未来は彼女を見つけた——宇宙戦争も銀河帝国もない、完璧な空想科学小説

著者略歴　1961年三重県生，作家
著書『太陽の簒奪者』『沈黙のフライバイ』『南極点のピアピア動画』『ヴェイスの盲点』（以上早川書房刊）『ロケットガール』『ピニェルの振り子』他多数

HM=Hayakawa Mystery
SF=Science Fiction
JA=Japanese Author
NV=Novel
NF=Nonfiction
FT=Fantasy

ふわふわの泉（いずみ）

〈JA1074〉

二〇一二年七月十五日　発行
二〇一三年八月二十五日　三刷

（定価はカバーに表示してあります）

著者　野尻抱介（のじりほうすけ）
発行者　早川浩
印刷者　入澤誠一郎
発行所　株式会社早川書房

郵便番号　一〇一 - 〇〇四六
東京都千代田区神田多町二ノ二
電話　〇三 - 三二五二 - 三一一一（大代表）
振替　〇〇一六〇 - 三 - 四七七九九
http://www.hayakawa-online.co.jp

乱丁・落丁本は小社制作部宛お送り下さい。
送料小社負担にてお取りかえいたします。

印刷・星野精版印刷株式会社　製本・株式会社明光社

ISBN978-4-15-031074-5 C0193

本書は活字が大きく読みやすい〈トールサイズ〉です。